未来讲堂

“十四五”国家重点出版物出版规划项目

未来讲堂

# 讲述优秀共产党员的故事

中国宋庆龄基金会
中国广播电视社会组织联合会 编

中国和平出版社
China Peace Publishing House
北京

## 编写单位

中国宋庆龄基金会

中国广播电视社会组织联合会

## 执行机构

中国宋庆龄基金会办公室

中国广播电视社会组织联合会有声阅读委员会

# 目录

他们从历史中走来，
我们在故事里相遇，
理想信念高于天，
红色精神光耀未来。

# 致小读者

亲爱的青少年朋友们：

中国共产党的百年历史，是一部为人民谋幸福、为民族谋复兴的奋斗史，它不仅记录了英勇的事迹，也见证了无数的艰辛与挑战，甚至还有那么一点让人动容的悲壮。在这段光辉的历程中，涌现了一大批为了人民的幸福和民族的复兴而奋斗的功臣，他们用实际行动诠释了什么是真正的勇敢和无私。

在《未来讲堂——讲述优秀共产党员的故事》中，革命先烈为了中华民族的解放和新中国的诞生，前赴后继，英勇奋斗；共和国建设者们为了让我们的祖国在世界的东方傲然挺立，无私无畏，默默奉献；新时代楷模以自己的方式，为建设一个更加繁荣、强大的国家而努力。他们是中国共产党的优秀代表，是中华民族的脊梁。他们是活生生的榜样，是激励我们前行的灯塔。

青少年朋友们，期望你们通过阅读优秀共产党员的故事，珍惜来之不易的幸福生活，学习他们的精神和崇高品格，热爱祖国、热爱人民、热爱中国共产党，树立远大理想，追求德智体美劳全面发展，努力成为担当民族复兴大任的时代新人。

# 李大钊
## ——中国最早的马克思主义者

《铁肩担道义——李大钊》作者：田忠利，中国画，200cmx240cm，2014年

1927年4月28日，李大钊英勇就义，时年38岁。如今，李大钊烈士的陵园坐落在北京香山万安公墓，淡青色花岗石纪念碑上，镌刻着中共中央撰写的碑文：“李大钊同志是中国最早的马克思主义者，是中国共产党的主要创始人之一。”这个我们熟悉的名字，历史上的大人物，该如何读懂他的故事呢？我们从李大钊的青年时代讲起。

李大钊，字守常，是河北乐亭人，生于1889年，18岁考入天津北洋法政专门学校，24岁赴日本东京早稻田大学留学。李大钊幼年时，就听过鸦片战争等痛心的历史故事。十几岁时，八国联军到了他的家乡乐亭附近，占据了昌黎、滦州等地。年轻的李大钊目睹帝国主义对中国侵略欺凌，眼看着百姓困苦、民生凋敝，他“感于国势之危迫，急思深研政理，求得挽救民族、振奋国群之良策”。虽然祖父想让他读书耀门楣，但他发愤读书，努力求学，是要寻找一条救国之路。在日本留学时，他说“留东三年，益感再造中国之不可缓”。意思就是，在东京留学3年，更是感到中国的革命不能再等了。“不能再等了”是多么强的救国紧迫感！

李大钊把手中的笔当成刀和枪，去战斗。1915年，日本帝国主义提出灭亡中国的“二十一条”，李大钊起草的《警告全国父老书》传遍全国，这时候他才26岁，已经成为著名的爱国志士。1916年回国后，李大钊积极投身新文化运动，宣传民主、科学精神。随后，俄国社会主义革命的胜利鼓舞和启发了他，李大钊发表了大量文章和演说宣传十月革命和马克思列宁主义。1919年，李大钊发表了《我的马克思主义观》一文，是中国人比较系统地介绍和分析马克思学说的开山之作。他成立了中国第一个翻译研究马克思著作的小组，这个集体中成长起了中国第一批共产主义者。李大钊“崇信共产主义”，经常“知有主义不知有家”。他在担任北大图书馆主任、教授期间，每月薪水超过200块大洋，这在当时是笔不少的收入。但他将收入的三分之二用于革命事业，剩下的还要资助困难学生和穷苦百姓，常常导致家里“断粮”。为此，校长蔡元培专门嘱咐会计，发薪水时留一部分直接给李大钊夫人，维持他家的基本生活。

李大钊研究马克思主义，要把它运用于解决中国现实问题上，用于探索中国发展道路上。1920年初，李大钊与陈独秀相约，在北京和上海分别活动，筹建中国共产党。“南陈北李，相约建党”，成为中国革命史上的一段佳话。1921年7月，中国共产党第一次全国代表大会召开，宣告中国共产党成立，从此中国革命的面貌为之一新。中国共产党成立后，李大钊负责党在北方的全面工作，先后发动了开滦大罢工、京汉铁路大罢工等著名斗争。受党的委托，他还与孙中山多次会见，说明中共关于实行国共合作、建立革命统一战线的主张，为国共第一次合作作出了卓越的贡献。

1926年3月，日本帝国主义侵犯天津大沽口，国民军被迫还击。日本政府竟要求中国赔礼道歉、赔偿损失，北洋政府居然全部接受了这些无理要求。李大钊领导群众召开了抗议大会，反抗帝国主义的联合进攻，反对军阀的卖国行为。北洋军阀下令通缉李大钊，1927年4月6日，李大钊被逮捕，4月28日惨遭杀害，壮烈牺牲。

**思考题**

同学们，百年过去了，中国发生了翻天覆地的变化，人民过上了幸福的生活。对比李大钊年轻时的中国，你感到自己的祖国哪里发生的变化最大？

扫描二维码，收听优秀共产党员的故事

诵读人

**梁　言**

**梁　言**

北京广播电视台播音指导，70年70人·杰出演播艺术家，金话筒奖获得者，享受政府特殊津贴，中广联合会有声阅读委员会专家组成员。有声文学作品有《钟鼓楼》《画虫儿》《红案白案》《淮军四十年》《英雄时代》等，京味儿作品《画虫儿》曾获得广播影视大奖。

# 方志敏

## ——可爱的中国

很多同学对方志敏烈士不会感到陌生，在统编语文教材五年级下册中收入了他的那篇名为《清贫》的遗作。正如他在文中所说：“清贫，洁白朴素的生活，正是我们革命者能够战胜许多困难的地方！”这也是他短暂而光辉一生的真实写照。

方志敏出生于1899年8月，原名远镇，乳名正鹄，号慧生。江西上饶市弋阳漆工镇湖塘村人，中国共产党著名革命家、政治家、军事家，杰出的农民运动领袖，土地革命战争时期闽浙（皖）赣革命根据地和红十军团的缔造者。

方志敏曾担任中华苏维埃中央主席团委员、党中央委员、闽浙赣省苏维埃政府主席、红十军政委等职，可谓身居高位、手握大权，又掌握着巨额公款。然而在他心目中，共产党的高官应有的不是什么享有特权的荣耀，而是为党的事业奋斗的使命。

方志敏在家乡江西领导革命时，国民党当局视之为心腹大患，他的亲属成为受迫害的主要对象。大伯惨遭国民党杀害，家族的房屋先后被烧毁十余次，日常生活非常艰难。有一次，方志敏的婶婶带着他的母亲金香莲，走了几十里山路找到方志敏，想让当官的儿子拿点饷银给母亲做条裤子，再给婶婶买点儿食盐。看到自己的母亲，方志敏感到非常难过。一来自己常年在外行军打仗，没有片刻空闲侍奉双亲；二来他兄弟二人都在部队，家里田地缺耕少种，自己却没有一分钱补贴家用。他只好含泪告诉母亲：“我是省苏维埃主席，可当的是穷人的主席。饷银嘛，将来会发，现在没有。家庭生活困难我也知道，但都是暂时的艰苦，将来会过上好日子的。”

方志敏虽为党的重要领导干部，但他一直过着极为清贫的生活。当他被捕遭到敌人搜查时，敌人十分惊讶，像他这样重要的领导人，身上除了一支钢笔和一块旧表外，竟然什么值钱的东西也没有。

在方志敏的物质观中，“清贫”是为党的事业和人民群众的利益甘于清苦的一种精神境界。

1934年11月初，方志敏任红十军团军政委员会主席，奉命率红十军团北上抗日，在皖南遭国民党军重兵围追堵截，艰苦转战两月余，终因寡不敌众，弹尽援绝，于1935年1月29日被俘。在狱中，面对敌人的百般诱降和严刑逼供，他正气凛然，坚贞不屈。在极端艰苦的条件下，方志敏用自己的心血写下了《可爱的中国》《清贫》《狱中纪实》等著名篇章。在《可爱的中国》中，方志敏将祖国称作“美丽的母亲，可爱的母亲”，在文末，他写出了中国革命的光明前景：“中国一定有个可赞美的光明前途……到那时，到处都是日新月异的进步，欢歌将代替了悲叹，笑脸将代替了哭脸，富裕将代替了贫穷，健康将代替了疾苦，智慧将代替了愚昧，友爱将代替了仇杀，生之快乐将代替了死之悲哀，明媚的花园，将代替了凄凉的荒地！”这些激动人心、掷地有声、感人肺腑的语言，饱含着对党、对祖国、对人民最深沉的爱。

1935年8月6日，方志敏在江西南昌英勇就义，时年36岁。1936年11月23日深夜，宋庆龄接到章乃器的弟弟章秋阳转送的方志敏烈士《可爱的中国》手稿。随后，交地下党转交陕北党中央。

**思考题**

同学们，革命先烈方志敏一生清贫，你能说说他心目中『清贫』二字的含义吗？今天的我们，物质生活丰富了，你认为是否还有必要保持这样一种生活态度？

扫描二维码，收听优秀共产党员的故事

诵读人

**韩　涛**

**韩　涛**

语言艺术工作者，纪录片解说员，小说演播者。主要作品：《故宫100》《乔布斯传》《永远的焦裕禄》《南水北调》《新青年》《改变地球的一代人》《生命的力量》《宇宙的奇迹》《汉江奇迹》《大盛魁》《茶叶之路》《中国之最》《发现中国》等。

# 瞿秋白

## ——坚贞不屈，笑对屠刀

今天我们故事的主人公是瞿秋白，他是中国共产党早期主要领导人之一，伟大的马克思主义者，卓越的无产阶级革命家、理论家和宣传家，中国革命文学事业的重要奠基者之一。他一生短暂却功勋卓著，信念坚定，浩气长存。

瞿秋白1899年1月29日出生在江苏常州，1917年秋，考入北京俄文专修馆学习。五四运动爆发后，他以极大的热情投入北京爱国学生运动，被选为专修馆学生总代表，参加了北京大中学校学生联合会，成为北京学生爱国运动的领导人之一。1920年初，他参加李大钊组织的马克思学说研究会。

同年秋，他应北京《晨报》聘请，以记者身份赴苏俄实地采访，想“为大家辟一条光明的路”。在苏俄两年时间里，他作了大量考察、采访和写作，先后撰写了《共产主义人间化》《苏维埃俄罗斯经济问题》等数十篇通讯和《饿乡纪程》《赤都心史》等著作。1921年5月，在莫斯科经张太雷介绍，他加入联共（布）党组织；1922年2月，转为中国共产党党员。

1924年1月，他和李大钊、毛泽东、李立三等一起出席国民党一大，参加大会宣言的起草，当选为国民党中央候补执行委员，后任国民党中央政治局委员会委员，为实现第一次国共合作做了大量工作。后来，在中国共产党的五大、六大上，他均当选为中央委员和中央政治局委员，成为党的重要领导人之一。

1927年8月，在大革命失败的危急关头，瞿秋白主持召开了中共中央紧急会议，即八七会议，确立了土地革命和武装反抗国民党反动派的总方针，为挽救党和革命作出重要贡献。会后，他担任中共中央临时政治局委员、常委、主席，主持党中央工作。

1931年1月，在被王明错误打击、解除中央领导职务后，他到了白色恐怖笼罩的上海，和鲁迅并肩战斗，结下深厚友谊，一起领导左翼文化运动。

1934年2月，瞿秋白到达中央革命根据地瑞金，任中华苏维埃共和国中央执行委员会委员、人民教育委员会委员、中华苏维埃共和国中央政府教育部部长等职。中央红军长征后，他留在南方坚持游击战争。1935年2月，他在福建长汀县被国民党军逮捕。敌人得知他的身份后，采取各种手段利诱劝降，都被他凛然拒绝。

6月18日清晨，瞿秋白起床后，换上了洗净的对襟黑褂、白裤、黑袜、黑布鞋。三十六师特务连长廖祥光闯进屋内，出示了蒋介石“就地枪决”的电令。瞿秋白很镇定地把绝命诗写完，并附跋语，末署“秋白绝笔”字，随即跟廖祥光走向刑场。他手持香烟，神色不变，沿途用俄语唱《国际歌》《红军歌》。到达罗汉岭刑场后，他选择一处坟墓堆上，盘足而坐，还回头微笑着对刽子手说“此地很好”，高呼“中国共产党万岁”“共产主义万岁”等口号，饮弹洒血，从容就义。

1950年12月31日，毛泽东为《瞿秋白文集》题词，高度赞扬他说：“在革命困难的年月里坚持了英雄的立场，宁愿向刽子手的屠刀走去，不愿屈服。他的这种为人民工作的精神，这种临难不屈的意志和他在文字中保存下来的思想，将永远活着，不会死去。”

**思考题**

同学们，请你借助工具书或者互联网，查阅『信念』两个字的含义，并结合瞿秋白同志的故事，思考信念对一个人一生会有什么样的影响。

扫描二维码，收听优秀共产党员的故事

诵读人

**凌　云**

### 凌　云

配音演员、导演。从业20年为《北平无战事》等上千集电视剧、数百部电影、广告、专题片、广播剧配音，长篇连播作品有《东方大审判》等。参与的多部作品获得金鹰奖、“五个一工程”奖等国家级奖项。是国家博物馆文化宣传大使、特约解说员，“阅读中国”公益计划阅读大使，“听·见世界”无障碍电影活动发起人。

# 钱壮飞

## ——中共隐蔽战线的『龙潭三杰』之一

我们今天故事的主人公是“龙潭三杰”之一钱壮飞。

“龙潭三杰”是周恩来同志对李克农、钱壮飞、胡底三名中共中央特科情报人员的总称。三人共同从事党的情报工作，利用自己在国民党政权中的职位便利，为中共的地下工作作出了突出贡献。“龙潭”取自龙潭虎穴的意思，表示三人所处环境的险恶。

20世纪20年代初，龙潭三杰组织了一个情报小组，李克农任组长，他们利用自己在敌人内部的特殊岗位，在白色恐怖中为保卫党中央作出了特殊的贡献。

周恩来总理曾感慨地说道，他们3个人深入龙潭虎穴，可以说是龙潭三杰。如果没有龙潭三杰，中国共产党的历史将被改写。

钱壮飞，浙江湖州人，1896年出生，1919年毕业于北京医科专门学校。1926年加入中国共产党。1929年底，他打入国民党中央组织部党务调查科，任调查科主任徐恩曾的机要秘书。在这个特殊岗位上，他谨慎机智，不断为党获取大量重要情报。

1931年4月25日晚，正独自值班的钱壮飞一连收到武汉发给徐恩曾的特急密电六封，他当机立断拆译密电。原来，长期负责中共中央机关保卫工作的顾顺章在武汉被捕之后叛变，要将上海的中共中央机密全数供出。他知道顾顺章也了解自己的情况，千钧一发之际，他不顾个人安危，及时将情况报告给党中央，冷静地通知中央机关有关同志尽快撤离。26日早晨，他像平常一样把这些密电当面交给徐恩曾后，从容不迫地离开敌营。

接到他的情报，周恩来指挥在上海的中共中央各机关立刻采取行动紧急转移，中共中央、江苏省委和共产国际远东局的机关立即全部转移。他为保卫中共中央机关的安全作出了重大贡献。

随后，他按党的要求进入中央苏区，历任红一方面军保卫局局长、中央革命军事委员会原总参谋部第二局副局长等。1934年10月，他参加长征。1935年遵义会议后被任命为红军总政治部副秘书长，同年4月牺牲于贵州金沙县。

周恩来总理在战争期间和新中国成立后多次满怀深情地提起钱壮飞，他还深情地这样说："如果没有钱壮飞同志，我们这些在上海工作的同志早就不在人世了。钱壮飞同志在对敌斗争中立下的丰功伟绩，值得全党永远纪念他！"

**思考题**

同学们，人的生命是宝贵的，是什么使得身处龙潭虎穴的钱壮飞同志能够临危不惧，他异于常人的勇气来自哪里？

扫描二维码，收听优秀共产党员的故事

诵读人

**房明震**

**房明震**

70年70人·杰出演播艺术家，播音指导，享受国务院政府特殊津贴。曾任辽宁广播电视台台长助理、副总编辑，辽宁省政协委员、常委、文化和文史资料委员会副主任；曾任中国广播电视协会播音与主持委员会副会长、全国广播电视节目主持人金话筒奖评委等。有声作品有《先驱者之歌》《无形的足迹》《重案组出击》《盛宣怀与汉冶萍》《极品孤独》等。

# 夏明翰

## ——砍头不要紧，只要主义真

今天我们故事的主人公是中国共产党早期革命活动家夏明翰。

“砍头不要紧，只要主义真。杀了夏明翰，还有后来人！”这首豪气干云、令人荡气回肠的诗作广为传颂，这是1928年3月20日夏明翰在被国民党新军阀杀害前，写下的就义诗。

夏明翰，字桂根，祖籍湖南衡山县，1900年农历八月生于湖北秭归。1917年春，出身名门望族的夏明翰考入湖南省立第三甲种工业学校。在校期间，他追求进步，积极参加反对北洋军阀的斗争。1920年秋，经过五四运动洗礼的夏明翰，在何叔衡的帮助下来到长沙，结识了毛泽东，成为毛泽东创办的湖南自修大学的第一批学员，开始大量阅读进步书刊。1921年冬，经毛泽东、何叔衡介绍，夏明翰加入中国共产党。入党后，夏明翰等按照中共湖南区委的指示，在长沙从事工人运动，参与领导和组织长沙人力车工人罢工斗争。

1927年4月12日，蒋介石发动反革命政变，大肆屠杀共产党人和革命群众。夏明翰闻讯后悲愤地写道：“越杀胆越大，杀绝也不怕。不斩蒋贼头，何以谢天下！”同年6月，在参加了党的第五次全国代表大会后，夏明翰被党组织调回湖南，任省委委员兼组织部部长。这时的长沙，正处在“马日事变”后的白色恐怖之中，国民党新军阀对共产党人和革命群众的野蛮屠杀，还在继续进行，党的组织遭到严重破坏，党的活动被迫转入地下。夏明翰没有被险恶的环境和困难所吓倒，回到湖南坚持斗争。

党的八七会议后，毛泽东从武汉回到湖南，领导秋收起义，夏明翰主要负责联络工作。他扮成农民、商人，奔走于长沙周边各地，向党的基层组织宣传八七会议和秋收起义的决定，组织农民武装。在征得党组织同意后，他把自己的两个弟弟和一个妹妹分别派到衡阳、衡山和郴州，发动农民，组织武装起义，他的弟弟、妹妹在参加起义中先后英勇牺牲。

1928年初，夏明翰被党调到湖北工作，任中共湖北省委常委。由于叛徒的出卖，同年3月18日，夏明翰在武汉被捕。敌人对他施以各种酷刑，逼他交代党的组织。夏明翰坚贞不屈，宁死不降。两天后的3月20日清晨，他被敌人押送到汉口余记里刑场。当敌执行官问夏明翰还有什么话要说时，他大声说：“有，给我拿纸笔来！”在生命的最后时刻，夏明翰昂然写下了那首大义凛然的就义诗：“砍头不要紧，只要主义真。杀了夏明翰，还有后来人！”之后，英勇就义，牺牲时年仅28岁。

几十年来，夏明翰和他的就义诗，激励和鼓舞着一代又一代中国共产党人为了崇高理想，不惧牺牲，英勇奋斗。

**思考题**

同学们，28岁，是人生最美好的年华，我们的青春岁月也正徐徐展开，美好的岁月当如何度过，才能不负韶华，不负时代与人民呢？

扫描二维码，收听优秀共产党员的故事

诵读人

**周文凯**

**周文凯**

国家一级导演、全国演播艺术家、中国广播影视大奖长篇连播项金奖获得者、中国广播剧专家奖最佳导演奖获得者、中国广播剧研究会副秘书长、中广联合会有声阅读委员会副秘书长。河南广播电视台广播小说连播编辑、演播和广播剧导演。

# 刘志丹

## ——群众领袖，人民英雄

我们今天故事的主人公刘志丹是陕北红军和苏区主要创建人之一、中国工农红军高级将领。1903年10月，刘志丹出生于陕西省保安县(今志丹县)金丁镇。自幼目睹家乡饿殍遍野、民不聊生的凄惨景象，刘志丹十分同情劳苦大众，萌发了改造社会、复兴中华的愿望。他青年时期就投身革命，1925年加入中国共产党，并在组织的安排下，考入黄埔军校学习。1927年大革命失败后，他奔走各地组织起义暴动，最终在陕甘两省边界地区建立起牢固的红色武装割据，成为西北红军和西北革命根据地的重要创建者。这期间，刘志丹身经百战，经历了各种各样的失败、挫折、冒险、死里逃生，率领的部队在重重“围剿”中屡屡被打散，却又一次次奇迹般地发展壮大，甚至派来攻打的国民党军也常常在战斗中投诚过来，以至于在西北大地传开了他“刀枪不入”的神话。当年流传在西北的一首民谣这样唱道：

“正月里，是新年，
陕北出了个刘志丹，
刘志丹来是清官，
他带上队伍上横山，
一心要共产……”

刘志丹出任红二十八军军长时，宋任穷任政治委员。短短几个月的“搭班子”，却让宋任穷直到晚年还对刘志丹的军事才能和在当地群众中的威信感叹不已。他说：“附近的敌人闻风丧胆，听说志丹同志领导的二十八军来了，没等我们打，就连夜逃走。”

1936年3月下旬，红二十八军进入神木、府谷，当地百姓听说刘志丹来了，都专门跑来看望。宋任穷看到，说：“当地群众不称呼志丹同志为军长，都亲昵地叫他‘老刘’，有位双目失明的老大娘，十分激动地从人群中挤到志丹同志面前，拉着志丹同志，从头上摸到脚下，又从脚下摸到头上。”

直到几十年后，周恩来总理还向要去延安地区插队的知青讲述了当年这个感人的瞬间。1973年，周恩来总理在陪同外宾参观延安革命旧址时，又强调说：“刘志丹是位很好的同志，陕北必须宣传刘志丹。”

1936年4月14日，在红一方面军东征战役中，作为西北革命军事委员会委员、红二十八军军长的刘志丹，身先士卒，亲临一线指挥，不幸中弹，壮烈牺牲。

为纪念他，中共中央和陕甘宁边区政府决定将保安县改名为志丹县。1943年，刘志丹陵园落成时，毛泽东同志题词：“群众领袖，民族英雄。”周恩来同志题词：“上下五千年，英雄万万千。人民的英雄，要数刘志丹。”

刘志丹的女儿后来在纪念父亲百岁诞辰的文章中说：“父亲去世时，他的皮包里只有6支香烟、半截铅笔。他没有给我们留下任何财物，他干革命后家也被敌人抄了。但是，他留下了最珍贵的精神遗产，就是全心全意为国为民的思想，密切联系群众、一切从实际出发的作风，还有他忍辱负重、顾全大局的高贵品德。”

**思考题**

同学们，诗人臧克家在一首题为《有的人》的诗作中这样写道：『他活着别人就不能活的人，他的下场可以看到；他活着为了多数人更好地活着的人，群众把他抬举得很高，很高。』请你试着讲述这两句诗的含义。

扫描二维码，收听优秀共产党员的故事

诵读人

**齐克建**

## 齐克建

朗诵艺术家、配音演员，国家一级演员，有声阅读委员会专家组成员。纪录片解说《丰碑》《感动中国》《走遍中国》等，曾获文化和旅游部文华奖表演奖、话剧金狮奖表演奖。

# 赵一曼

## ——未惜头颅新故国，甘将热血沃中华

1936年8月2日，被日伪军逮捕折磨拷打但一直不屈不挠的赵一曼被押送上了火车，她知道最后的时刻到了，她早已将自己的生死置之度外，但多年不见的孩子——宁儿却是她永远不能割舍的牵挂，她向看守人员要来了纸和笔，满含深情地一字一句地写下遗书：

“宁儿：母亲对于你没有尽到教育的责任，实在是遗憾的事情。母亲因为坚决地作了反满抗日的斗争，今天已经到了牺牲的前夕了。母亲和你在生前是永久没有再见的机会了。希望你，宁儿啊！赶快成人，来安慰你地下的母亲！我最亲爱的儿子啊！母亲不用千言万语来教育你，就用实行来教育你。在你长大成人之后，希望不要忘记你的母亲是为国而牺牲的！”

一面是一个母亲的柔情，另外一面是一个战士的坚定。临刑前，她高唱《红旗歌》，高呼“打倒日本帝国主义”“中国共产党万岁”，壮烈牺牲，时年31岁。

赵一曼，原名李坤泰，1905年出生在四川宜宾。九一八事变后，赵一曼被党组织派往东北地区发动和组织群众进行抗日斗争。1935年11月，赵一曼率领的部队被日伪军包围，她要团长带队突围，自己担任掩护，此时她左手手腕已中弹负伤。她在村里隐蔽养伤时被敌人发现，在奋起迎战时，赵一曼左大腿骨被子弹打穿，因流血过多昏迷而被捕。

曾刑讯拷打赵一曼的日本战犯大野泰治，在笔供中回忆：当时，由于日军用的是七九步枪子弹，赵一曼腿部的伤口很大，流血过多，随时

有生命危险。她穿着一件黑棉衣，腰下被血染着，脸伏在车台上，头发散乱，大腿的裤管都被血灌满了，不断地往外渗，碎骨头散乱在肉里，共有24块，甚至面临截肢的危险。为了让赵一曼说出共产党的组织和活动情况，大野泰治拿鞭子抽打赵一曼的伤口，但赵一曼宁死不说。后来，日军将她关押到哈尔滨警备厅拘留所地下室。在那里，用木棒再次抽打她的伤口，赵一曼几次疼得昏死过去。

日军问她为什么要抗日，她严词痛斥道："中国人民反抗日本侵略军难道还用得着解释吗？！我们中国人除了抗战外，别无出路。"为得到口供，日军将她送进医院监护治疗。在医院监护治疗的几个月里，她教育争取中国籍看护人员。1936年6月28日，她在看护人员的帮助下逃出医院；6月30日，被日本军警追捕再度被俘。敌人对她施以更加残酷的刑讯，仍毫无所得，最终把她押回她曾战斗过的珠河县处死示众。

**思考题**

同学们，读到赵一曼牺牲前留给儿子『宁儿』的信，你有什么样的感受呢？

扫描二维码，收听优秀共产党员的故事

诵读人

**于 芳**

**于 芳**

中央广播电视总台央广播音指导，70年70人·杰出演播艺术家，中国广播电视协会"新中国60年有影响的60位广播电视人物"，中广联合会有声阅读委员会专家组成员，享受国务院政府特殊津贴，曾获范长江新闻奖、全国广播电视金话筒奖。

# 聂耳

## ——吹响中华民族解放的号角

“起来！不愿做奴隶的人们！把我们的血肉，筑成我们新的长城！”作为中华儿女，《义勇军进行曲》的激昂旋律最能够振奋我们的精神。我们今天故事的主人公就是《义勇军进行曲》的作曲者聂耳。

聂耳，原名聂守信，祖籍云南玉溪，1912年2月出生于云南昆明一个贫苦的中医家庭。1927年考入云南省立第一师范学校；1931年4月，聂耳考入明月歌剧社，正式开始了他的艺术生涯。1932年上海一·二八抗战爆发后，全国人民抗日救亡风起云涌，此时，聂耳结识了共产党员、戏剧家田汉。1933年初，聂耳由田汉介绍加入中国共产党。从此，聂耳不仅获得了新的政治生命，艺术才华也得到了进一步的发挥，成为中国新音乐的开路先锋和反法西斯的勇士。在此后的两年中，聂耳为歌剧、话剧和电影谱写了《新女性》《开路先锋》《大路歌》《前进歌》《毕业歌》《铁蹄下的歌女》等主题歌和插曲30多首，在全国广为传唱，极大地激发了民众抗日救亡的爱国热情。

1935年1月，上海电通影业公司拍摄抗日影片《风云儿女》，田汉为影片写了主题歌词《义勇军进行曲》，聂耳承担了为之谱曲的任务。他于3月中旬开始创作，几经修改，4月下旬将定稿交给电通公司。《义勇军进行曲》就这样诞生了。这首歌以其高昂激越、铿锵有力的旋律，鼓舞人心的歌词，反映了在民族危亡时，中华民族万众一心、团结御侮、奋勇抗争、一往无前的伟大的爱国主义精神，激发了中国人民与日本侵略者血战到底的英勇气概。

反动当局决定逮捕聂耳，聂耳按照党组织的决定离开上海，取道日本赴苏联。1935年7月17日，聂耳在日本神奈川县藤泽市鹄沼海滨游泳时，不幸溺水身亡，年仅23岁。

而他所创作的《义勇军进行曲》一诞生，迅即成为中华民族解放的号角。1935年，“一二·九运动”中，全国各地的学生、工人、爱国人士和支持中国的国际友好人士，在集会上、在游行中都演唱了《义勇军进行曲》。1937年，淞沪会战爆发后，《义勇军进行曲》成为“八百壮士”孤军营内鼓舞士气的战歌之一。同年7月31日，因主张抗日救亡而被捕的沈钧儒、邹韬奋、李公朴等救国会七君子获释时，和数百名前来迎接的群众一同高唱《义勇军进行曲》。1938年，台儿庄战役中，中国官兵高唱《义勇军进行曲》。1949年9月，中国人民政治协商会议第一届全体会议确定《义勇军进行曲》为代国歌。1949年10月1日，在开国大典上，《义勇军进行曲》作为国歌第一次在天安门广场响起，总共演奏了十余次。

1982年12月，中华人民共和国第五届全国人民代表大会第五次全体会议确定《义勇军进行曲》为中华人民共和国国歌。

**思考题**

同学们，你们应该在很多场合都唱过国歌。听完聂耳的故事，请你在心里再次唱响国歌，你的内心会有怎样的感受？

扫描二维码，收听优秀共产党员的故事

诵读人

**李立宏**

**李立宏**

配音、演播艺术家、中广联合会有声阅读委员会专家组成员，现任教于中国传媒大学戏剧影视学院。创作了大量有声语言精品，如专题片解说《舌尖上的中国》《就是那一只蟋蟀》《辉煌中国》等，译制片配音《阿凡达》《拯救大兵瑞恩》《海底总动员》等，电视剧配音《三国演义》《北平无战事》《琅琊榜》等，小说演播《南渡北归》《1911》《歌剧魅影》等。

# 杨靖宇

## ——腹中没有一粒粮的抗日将军

1931年，“九一八事变”之后，几十万东北军不战而退，总兵力不足两万的日本关东军长驱直入，仅用4个多月的时间，就占领了中国东北的大部分地区。

1931年11月，东北大地已经一片冰天雪地，狂风如刀，路上行人寥寥无几，而此时，一个健硕高大的身影，急匆匆地前往中共满洲省委。杨靖宇以省委代表的身份被派往南满，组建抗日游击队，创建根据地。

杨靖宇，原名马尚德，1905年2月出生于河南，22岁时成为一名中国共产党党员。杨靖宇到东北工作后发现，当地百姓受日本侵略者、地方军阀的盘剥，生活困苦。一些贫苦的农民不得不揭竿而起，聚啸山林，被称为“山林队”。根据中共满洲省委的指示，为了形成更强大的抗日力量，杨靖宇积极联合“山林队”等民间抗日地方武装。可当时“山林队”各自为战，并不团结，也不了解共产党的抗日救国主张。杨靖宇还经常因误会被“山林队”捆绑、打伤，他却从来不怕，还对战士说：“看到‘山林队’的人们个个都把日本鬼子当仇敌，这就是联合抗日的思想基础和希望啊！挨了一顿小小的棍棒，又算得了什么呀！”

1934年4月，杨靖宇联合17支抗日武装成立了抗日联合军总指挥部，任总指挥。1936年6月，杨靖宇担任东北抗日联军第一路军总司令兼政治委员。杨靖宇成为东北抗日联军的主要创建人和领导人之一。中央曾经致电慰问以杨靖宇为代表的东北抗日武装，称他们是“冰天雪地里与敌周旋7年多的不怕困苦艰难奋斗之模范”。

日军将东北抗联视为眼中钉、肉中刺，杨靖宇多次以少胜多，更是让他们恨得牙痒痒。1939年夏，日本关东军总司令梅津美治郎到任后，把杨靖宇列为伪满洲国第一心腹大患，悬赏两万元买他的人头。日军布兵25000多人在濛江地区“围剿”杨靖宇只有不到千人的队伍。兵力悬殊，给养不足，队伍遭受重大损失，更要命的是，追随杨靖宇多年的一师师长程斌背叛革命，抗联隐藏在深山中的秘密营地被摧毁，所有补给一扫而空，杨靖宇陷入绝境。

茫茫林海，辽阔雪原。1940年2月23日，杨靖宇只剩下孤身一人，他已经6天没有进食了。日军分五批搜索包抄杨靖宇，一时间，所有武器一齐射向杨靖宇，他拿着两支手枪不停地射向敌人，最终，他高大、魁梧的身躯倒在了冰冷的大地上，年仅35岁。

日军解剖了杨靖宇的遗体，他们惊奇地发现，杨靖宇的胃里竟然没有一粒粮食，只有还尚未消化掉的草根、树皮和棉絮，残暴的侵略者也为之折服。杨靖宇牺牲之后，为纪念这位骁勇善战的东北抗日联军总司令，1946年，他的牺牲地濛江县正式更名为靖宇县。

**思考题**

同学们，饥饿、寒冷、陷入绝境，是杨靖宇面临的最后时光，可是他吃草根树皮，战斗到最后一刻也不投降，是什么给了他力量呢？

扫描二维码，
收听优秀共产
党员的故事

诵读人

**艾宝良**

## 艾宝良

毕业于中国戏曲学院，中广联合会有声阅读委员会专家组成员，70年70人·杰出演播艺术家。1999年，北京文艺广播《午夜拍案惊奇》栏目开播，艾宝良担纲主演播人。在近20年的时间里演播《鬼吹灯》《盗墓笔记》及蔡骏、周德东、古龙、倪匡、丹·布朗等人的作品上百部，计数千集。

# 李林

## ——把最后一颗子弹留给自己的抗日女英雄

李林，原名李秀若，是福建尤溪县人，1915年生在一个贫苦的家庭，被亲生父母抛弃，后来被印尼华侨收养，随养父母回国后考上北平民国大学。看到日军肆意妄为，侵略中国，李林毫不犹豫地加入轰轰烈烈的抗日救国运动中。她能说会道，口才出众，还会各种文艺表演，就充分发挥自己的优点，变着花样地向人们宣传抗日精神，鼓舞人们积极参加抗日运动。1936年12月12日，北平学联为抗议国民政府在上海逮捕救国会“七君子”，组织了一次大规模的示威游行。李林担任北平民国大学游行队伍的旗手。面对警察的暴力阻拦，她告诉护旗的男同学：“如果我倒下了，你们要接过去，红旗绝不能倒！”不久，李林光荣加入中国共产党。

1937年，全国抗日战争爆发后，李林坚决要求到前方杀敌。李林到山西后，担任晋绥边区行政公署行政委员会委员。1940年2月，贺龙在晋绥边区首府兴县蔡家崖出席晋西北军政民代表大会，在接见李林时，他的第一句话就是：“我们的女英雄，听说鬼子听到你的名字都怕呢，了不起！”

1940年4月，日伪军集中1.2万兵力，对晋绥边区进行“扫荡”。4月26日，晋绥边区特委、第十一行政专员公署机关和群众团体等500余人被包围。为了掩护机关和群众突围，她不顾怀有3个月的身孕，率骑兵连勇猛冲杀，将日伪军引开，自己却被围困于小郭家村荫凉山顶。在腿部和胸部多处负伤后，仍英勇抗击，毙伤日伪军6人。被日伪军包围后，她宁死不屈，用最后一发子弹射进喉部，壮烈殉国，年仅25岁。

李林牺牲后，数千名抗日战士和驻地群众，为她举行了隆重的追悼大会。李林牺牲时的血衣几经辗转，送到了革命圣地延安。中共中央妇女运动委员会从延安发来唁电，对李林的革命生涯给予高度评价，称她“不仅是女共产党员的光辉模范，而且是全国同胞所敬爱的女英雄”。

**思考题**

同学们，李林上学时写过这样的诗『甘愿征战血染衣，不平倭寇誓不休』，表达她的志向。你怎么看待理想，又应该如何为理想而奋斗呢？

扫描二维码，收听优秀共产党员的故事

诵读人

**马 黎**

## 马 黎

中央人民广播电台播音指导，中国互联网朗诵联盟名誉主席，2009年全国广播金话筒奖获奖者。

# 刘胡兰

## ——生的伟大，死的光荣

刘胡兰，1932年出生在山西文水县云周西村一个贫苦农民家庭，很小的时候，就对黑暗的旧社会产生了强烈的不满。全国抗战爆发后，中国共产党领导山西人民开展救亡运动，文水县成立了抗日民主政府。云周西村也涌现出一批抗日积极分子，一些贫苦农民相继入党，并成立了党支部。

抗战胜利后，国民党阎锡山部队占领了文水县城，解放区军民被迫拿起武器，保卫抗战的胜利果实。1945年11月，刘胡兰参加了文水县党组织举办的妇女训练班。从此，她就开始接触革命道理，懂得了一个人怎样才能活得有价值、死得有意义。

刘胡兰积极参加村里的抗日儿童团，和小伙伴们一起为八路军站岗放哨、送情报。有一次，八路军包围了敌军一个团，县妇女部长组织民兵担架队支援前线，刘胡兰和几名妇女也要支前。部队首长劝她们说："前面正在打仗，很危险。"刘胡兰果敢地回答："战士们都不怕，我们是女民兵，也不怕。"她在前线十分勇敢，为伤员包扎伤口，帮战士们运送弹药，忙到天黑，战斗结束才撤回来。这时刘胡兰才13岁。

回村后，刘胡兰担任了云周西村妇救会秘书，发动群众斗地主、送公粮、做军鞋，动员青年报名参军，还参加了解放军打击阎锡山顽军的东庄战斗的支前工作。1946年6月，她被批准为中共候补党员。这一年，她只有14岁。

1946年10月，国民党军进犯文水县城。为了保存革命力量，县委决定大部分同志转移上山，留下部分同志坚持斗争。刘胡兰以自己年纪小、熟悉环境为由，主动要求留下来。她和留下来的同志一起向各村传达党的指示，组织群众掩埋粮食，并配合武工队镇压了反动村长。

1947年1月12日，国民党阎锡山军和地主武装包围了云周西村，将群众赶到场地上，刘胡兰因叛徒出卖被捕。在敌人的威胁面前，她坚贞不屈，大义凛然。敌人问她："你给八路做过什么工作？"刘胡兰大声地说："我什么都做过！"敌人又问："你为啥要参加共产党？"刘胡兰回答："因为共产党为穷人办事。"敌人引诱她："你'自白'吧，你'自白'了，就放了你，也给你一份土地。"刘胡兰说："你给我个'金人'，也不'自白'！"敌人恼羞成怒："你小小年纪好嘴硬啊！你就不怕死？"刘胡兰斩钉截铁地回答："怕死不当共产党！"

残忍的敌人为了使她屈服，在她面前将同时被捕的6名革命群众用铡刀杀害。但刘胡兰毫无惧色，从容走向铡刀，壮烈牺牲，时年不满15周岁。刘胡兰以短暂的青春年华谱写出永生的诗篇，以不朽的精神矗立起生命的宣言。

听到刘胡兰英勇就义的事迹，毛泽东同志深受感动，挥笔写下"生的伟大，死的光荣"八个大字。

**思考题**

同学们，刘胡兰以14岁的年龄，作出了不平凡的贡献；以短暂的生命，写就了大写的人生。听了她的故事，你有什么感想呢？

扫描二维码，收听优秀共产党员的故事

诵读人

**晏积瑄**

**晏积瑄**

播音名晓晏，中广联合会有声阅读委员会专家组成员，70年70人·杰出演播艺术家。北京人民广播电台节目主持人、播音指导、配音演员、配音导演、小说演播艺术家。

# 张思德

## ——为人民服务

同学们可能读过唐朝大诗人白居易的《卖炭翁》这首诗，其中有“卖炭翁，伐薪烧炭南山中”的诗句。烧炭，就是把树木的枝干烧制成炭，以供人烧火做饭或取暖之用。我们今天故事的主人公张思德，就是革命战争年代一名负责烧炭的普通战士。

1915年4月，张思德出生于大巴山深处一个贫苦佃农家庭。重病的母亲没有奶水，只得要来谷米捣碎熬成糊喂他，因而给他起了一个小名叫“谷娃子”。他出生仅7个月，母亲就因病离开人间，父亲把他抱给婶母收养。谷娃子吃“百家饭”、穿“百家衣”长大，养母为了让他永记乡亲们的恩情，给他取名“思德”。

1933年2月，中国工农红军第四方面军创建了川陕革命根据地。1933年12月，张思德参加红军，不久加入共青团。1935年随红四方面军长征，三度经过雪山、草地。他勇敢机智，曾只身泅水过江，夺得敌人的渡船，为红军强渡嘉陵江创造了条件。在川西茂州地区，他神奇般地一人夺得敌人两挺机枪，被战士们亲切地誉为“小老虎”。1936年10月，张思德随部队到达陕北，1937年加入中国共产党。

1938年春，他被调到云阳八路军某部留守处警卫营担任班长。1940年春，调到中央军委警卫营任通信班长。工作中，他总是承担最困难、最艰苦的工作。在他的带领下，全班战士出色地完成了各项任务。

1942年11月，部队合并整编，干部精减下派，一些连排干部要去当班长，多数班长、副班长要去当战士。张思德调到中央警卫团一连当战士，他毫无怨言，愉快地服从组织分配。不久，他被调到延安枣园，在毛泽东等中央领导同志工作的地方执行警卫任务。他把全部心血都倾注在警卫工作中，为了保证毛泽东等中央领导有个好的工作和生活环境，他经常主动为驻地打扫卫生、铺石垫路、修补窑洞，兢兢业业地做好每一项工作。他还经常帮助战友补洗衣服、编草鞋、喂战马、挑水烧火、采药防病、站岗放哨，带头帮助驻地群众生产劳动，全心全意地干好每一件革命工作。

1944年初，张思德积极响应大生产运动号召，主动到安塞县（今安塞区）石硖谷办生产农场，担任副队长。白天，他巡回各窑，掌握火候。晚上，他也要起来数次，观察烟色。窑里温度很高，有的木炭出窑还有火星，但每次出炭，他都是抢先钻到窑的最深处。

1944年9月5日，张思德和战友小白决定再新挖几个窑，多烧些木炭。当挖到中午时，突然窑顶掉下几块碎土，出现险情。张思德眼疾手快，一掌将小白推出洞口。厚厚的窑顶坍塌下来，把张思德埋在下边。战士们和老百姓从四面赶来，拼命刨土。小白得救了，张思德却没能抢救过来，他牺牲时，年仅29岁。

张思德作为一名普通的共产党员和战士，他服从组织安排，在烧炭的平凡岗位上忘我工作，直至光荣殉职。毛泽东高度评价他：“张思德同志是为人民利益而死的，他的死是比泰山还要重的。”

**思考题**

同学们，我们听到过很多在炮火纷飞的战争年代浴血奋战、舍生忘死的英雄的故事，像张思德这样牺牲在平凡岗位上的人，是否也能被称作『英雄』呢？为什么？

扫描二维码，收听优秀共产党员的故事

诵读人

**原　杰**

**原　杰**

中央广播电视总台央广原专职编委。曾任《午间半小时》节目主持人、央广午间节目部主任、香港记者站首席记者、香港《文汇报》副总经理、民族中心副主任、西藏记者站站长等。采写制作主持的多组节目和稿件获中国新闻奖、中国广播奖、亚广联广播特写奖等奖项。

# 董存瑞

## ——舍身炸碉堡

董存瑞，1929年出生在河北怀来一个贫苦农民家庭，16岁参军，18岁加入中国共产党。

董存瑞从小就机灵，生性顽皮，胆儿大。1942年，中共龙延怀联合县第三区区委书记王平来到董存瑞的家乡。一天下午，日本鬼子突然到南山堡“扫荡”，王平组织民兵，掩护群众转移，自己却被鬼子包围了。13岁的董存瑞发现后，机智地把王平拉到自己家里，关上大门，让王平藏在墙角下的一堆破席卷儿里。不一会儿，四五个鬼子就端着刺刀闯了进来，一位鬼子军官比画着问：“八路在哪里？”董存瑞假装没听懂，答道：“手枪？没有哇！”鬼子拿出糖果哄骗他，他也不说。

鬼子见软的不行，又拔出东洋刀威吓，董存瑞始终从容不迫地说：“没有。”“不知道。”鬼子把屋里搜了个遍，没搜出八路。最后，鬼子军官瞄准了那堆草席，董存瑞赶忙机灵地随手抓起一把草席，丢在鬼子面前，说：“这是囤粮食的破席卷儿，还能藏人？”鬼子见席卷又臭又乱，料定没有八路，心有不甘地走了。董存瑞凭着自己的机灵聪明，13岁就成了当地儿童团团长，也被称为“抗日小英雄”。

到了解放战争时，董存瑞已经成长为一名优秀的战士，担任爆破组长。1948年5月25日，解放军攻打河北省隆化县城的战斗打响了。董存瑞带领战友接连炸毁4座炮楼、5座碉堡，胜利完成了既定任务。连队随即发起冲锋，却突然遭到敌军一座拱桥形暗堡的拦截。一些战友在枪声中倒下，两组被派去炸碉堡的战友也先后牺牲。

这时，董存瑞挺身而出，抱起炸药包，冲向暗堡。子弹如雨点儿般地向他扫射过来。董存瑞毫不惧怕，大步冲向碉堡。就在董存瑞距桥形碉堡十几米的地方，他突然停顿了一下。原来，他的左腿负伤了，鲜血染红了军裤。他顾不上察看，拖着伤腿，径直跑到了桥形碉堡下。

可是，碉堡下没有支架，炸药没地方安放，眼见战友不断在枪声中倒下，董存瑞心急如焚！他毅然用左手托起炸药包，右手拉燃导火索，高喊：“为了新中国，前进！”

接着，轰隆一声巨响，桥断了，敌人的机枪“哑巴”了，可是董存瑞却壮烈地与敌人同归于尽了……

董存瑞以自己的生命为部队开辟了前进的道路，他牺牲时年仅19岁。

**思考题**

同学们，董存瑞的故事我们从小就听过，如今再听，你有什么新的感受吗？

扫描二维码，收听优秀共产党员的故事

诵读人

**张 宏**

**张 宏**

朗诵艺术家，中华文化促进会朗读专业委员会常务副主任，中国教育电视台《诗意中国》发起人、总导演。获得2016年亚洲微电影艺术节十大新闻人物，亚洲微电影学院客座教授。在2018全国春晚评选中，他执导的《诗意中国新春诗会》获得一等奖及最佳导演奖。

# 江竹筠

## ——共产党员的意志是钢铁

江竹筠，就是我们熟悉的“江姐”。1943年，因地下工作需要，江竹筠接受党的指派和彭咏梧假扮夫妻。在革命工作中，两人逐渐建立起深厚感情，于1945年结婚。为了不影响革命工作，江竹筠将出生不久的孩子送给亲戚抚养。

1948年6月14日，由于叛徒出卖，江竹筠不幸被捕，被关押在重庆渣滓洞监狱。因为江竹筠负责过党的联络工作，掌握不少重庆地下党人员名单和联络方式，被捕入狱后，她立即成为监狱特务重点拷问的对象。

在如今渣滓洞的刑讯室，老虎凳、烙铁、皮鞭……各种刑具按照当时的模样摆放在地，去参观的人都会感到一种恐怖的气息。江姐遭受的“手刑”，是用5根筷子夹住手指，两面用绳子一拉，生生地夹住手指。十指连心，这样的酷刑让人痛不欲生。

渣滓洞的牢房房间很小，没有床，被褥直接铺在地上。重庆夏天潮热，冬天阴冷，在这样狭小的空间里，江姐跟十几个同志挤在一起，靠着信念坚持着。幸存的狱友曾回忆说，江姐由于受刑重，为了忍受疼痛，她只有咬被子，被子的一角都被她咬破了，棉花露在外面。

在渣滓洞的一间展室里，有一张照片令人动容：照片上是一对年轻夫妇和一个幼童，脸上流露着满满的幸福。这是江姐一家人唯一一张全家福，拍摄于她和丈夫彭咏梧即将前往下川东地区参加武装斗争之前。拍完这张照片，江姐将他们唯一的孩子彭云送给了亲戚抚养，丈夫彭咏梧不久在战斗中牺牲，头颅被敌人砍下悬在城门。

当江姐走向刑场的时候，她把自己的梳子、牙刷、口杯……所有能送的东西都送给了其他难友，身上唯一带着的就是自己儿子彭云的照片。

江姐最后的一封书信是写给寄养她儿子的亲戚的，上面每个字都饱含了一位母亲的深情：“假如不幸的话，云儿就送你了，盼教以踏着父母之足迹，以建设新中国为志，为共产主义事业奋斗到底。孩子们决不要娇养，粗服淡饭足矣。”

1949年11月14日，江竹筠壮烈牺牲于歌乐山电台岚垭刑场，牺牲时年仅29岁。

曾经的渣滓洞监狱如今已经成为红岩革命教育基地，每年都有超过600万人从全国各地来到这里，感受烈士精神，凭吊烈士英魂，江姐的那张全家福也深深地感动着每个人。

**思考题**

有首著名的红色歌曲《红梅赞》咏唱的就是江姐和战友们的事迹，听听这首歌，结合江姐的故事，说说你的感受。

扫描二维码，收听优秀共产党员的故事

诵读人

**邓小鸥**

**邓小鸥**

国家一级演员，中国电影家协会会员，中国电影表演艺术学会会员，中广联演员委员会理事。1982年进入长春电影制片厂任演员，在《十六号病房》《女人的力量》《努尔哈赤》等70余部影视剧中饰演主要角色，主演几十部广播剧，有多部获“金鸡奖”“百花奖”“‘五个一工程’奖”“华表奖”。为几千部集的中外影视剧配音及做配音导演，如《楚乔传》《西游记》《射雕英雄传》《神雕侠侣》《大侠霍元甲》《大宋提刑官2》《幸福像花儿一样》《我这一辈子》《星球大战1～7》《名侦探柯南》《三傻大闹宝莱坞》等。

# 毛岸英

## ——不畏牺牲、主动请缨的领袖之子

毛岸英是中国人民的伟大领袖毛泽东主席的长子。他有一个艰辛的童年。在20世纪20年代建党初期那些动荡的日子里，小岸英也过着动荡的生活。他曾经随父母到过上海、广州、武汉，1927年大革命失败时，他随母亲以及两个弟弟回长沙县东乡板仓隐蔽。他的父亲毛泽东曾感慨地说："为了革命事业，这些孩子从小就吃百家饭，行万里路！"

8岁时，由于母亲杨开慧被捕入狱，毛岸英也被关进牢房。杨开慧牺牲之后，地下党组织安排毛岸英和两个弟弟来到上海。由于地下党组织遭到破坏，党的经济资助中断，毛岸英和弟弟毛岸青被迫流落街头。他当过学徒，捡过破烂，卖过报纸，推过人力车。

1936年，14岁的毛岸英被党组织安排到苏联学习。在国际儿童院，毛岸英学习认真，不久便担任了少先队大队长，后来又加入了共青团并担任支部书记。苏联卫国战争爆发后，尽管中苏两党有过不让中国孩子服兵役的约定，毛岸英仍坚决要求参战。后来，他先是进入军校学习，毕业后又进入伏龙芝军事学院，在校期间曾经到苏联红军中担任坦克连的党代表，参加过进军白俄罗斯、波兰和捷克的战斗。1946年，毛岸英回国。临行前，斯大林专门接见了他，并赠送他一支手枪，他直到牺牲时，身边还带着这支枪。

24岁的青年毛岸英回到延安。父亲毛泽东抱病到机场迎接。但父子在一起只吃了两天饭，毛泽东便要毛岸英到机关食堂吃大灶，并让他到当时著名的劳动模范吴满有家学种地。

遵照父亲“补上劳动大学这一课”的要求，毛岸英在解放区搞土改、做宣传、当秘书。新中国成立初期，他到北京机械总厂担任支部副书记。不论做什么工作，他从不以领袖的儿子自居，处处严格要求自己，努力和普通劳动群众打成一片。

1950年，抗美援朝战争打响。毛岸英主动请缨赴朝鲜参战。11月25日上午，美空军轰炸机飞临志愿军司令部上空，投下了几十个凝固汽油弹。在作战室紧张工作的毛岸英壮烈牺牲，年仅28岁。此时距离他入朝参战只有短短的34天。

毛岸英是中国人民的骄傲。在朝鲜志愿军总部陵园里，他同成千上万劳动人民的儿子一样，永远地长眠在那里。

朝鲜金日成主席评价说：“毛泽东同志是伟大的国际主义的典范和楷模，为了中国人民的解放事业，他牺牲了包括妻子在内至亲至爱的5位亲人；为了朝鲜人民的反侵略和保卫世界和平，他又把最疼爱的长子毛岸英送来朝鲜。岸英牺牲了，我们会永远怀念他！”

**思考题**

同学们，国难当头，挺身而出，这不是每个人都能做得到的。想一想，你从毛岸英身上能够学习到哪些宝贵的品格呢？

扫描二维码，收听优秀共产党员的故事

诵读人

**王明军**

**王明军**

中国传媒大学播音主持艺术学院副教授，演播艺术家，有声阅读委员会专家组成员，北京市语言协会朗诵研究会理事、副秘书长，中国文化促进会朗读专业委员会副秘书长。曾获政府“华表奖”“飞天奖”。

# 杨根思

## ——抱着炸药包冲进敌群的特级战斗英雄

抗美援朝战争，涌现出无数可歌可泣的英雄。志愿军连长杨根思率部接连击退美军的8次进攻，最后打得只剩下他一个人，毅然抱起炸药包与敌人同归于尽。

杨根思1922年出生在一个贫苦的农民家庭，他从小就受到地主的剥削和压迫，心中对旧社会充满了仇恨。得知共产党领导的军队是人民的队伍，他就下定决心跟党走。

入伍后，他随部队转战南北，经历了抗日战争、解放战争的炮火洗礼。首次参战，杨根思手中的武器只有一根长矛，在国民党军队溃逃时，他盯住一个拿枪的敌人，用长矛与敌人展开搏斗。几个回合下来，杨根思用长矛刺进了敌人的心窝，参军后的第一杆枪就这样到手了。

1945年6月，在国民党军队兵分三路步步进逼、新四军不断后撤时，杨根思奋勇当先，用两枚手榴弹炸掉敌人重机枪扼守的哨口，为新四军开辟了进攻的道路。

1946年，在攻打泰安天主堂的战斗中，杨根思的脸被子弹击中，血肉模糊，班长连眼睛一块儿给他包扎上。在班长的指挥下，蒙着眼睛的杨根思扔出去两枚手榴弹，精确命中目标，最终他用18枚手榴弹攻下了全城的制高点。

抗美援朝战争爆发后，杨根思这位“老战士”，又参加中国人民志愿军赴朝作战。1950年11月，在分割围歼咸镜南道美军的战斗中，连长杨根思奉命带一个排扼守长津湖畔一个小高岭，负责切断美军南逃退路。美“王牌”军向小高岭进攻，猛烈的炮火将大部分工事摧毁。杨根思带领全排迅速抢修工事，做好战斗准备，等到美军靠近到只有30米时，带领全排突然射击，迅猛打退了敌人的第一次进攻。

接着，美军组织两个连的兵力，在8辆坦克的掩护下再次发起进攻，他又指挥战士杀入敌群，用刺刀、枪托、铁锹展开拼杀。激战中，又一批美军涌上山顶，他亲自率领第七班和第九班正面抗击，指挥第八班从山腰插向敌后，再次将美军击退。

就这样，美军以空中和地面炮火对小高岭实施狂轰滥炸，发起集团冲锋。杨根思率领全排顽强抗击，以“人在阵地在”的英雄气概，接连击退美军8次进攻。最后打得只剩他一人，他投完手榴弹，射出最后一颗子弹后，身边只有一个炸药包了。他一把拉着了炸药包的导火索，导火索“哧哧”地冒着烟，杨根思毅然抱起炸药包冲向敌群，与敌人同归于尽。那一年，杨根思28岁。

朝鲜民主主义人民共和国在长津湖畔修建了一座杨根思英雄纪念碑。志愿军司令员彭德怀为他题词：“中国人民的优秀儿子，国际主义的伟大战士，志愿军的模范指挥员。”

**思考题**

同学们，你怎么理解『生命的价值在于奉献』这句格言？用杨根思的故事来表达吧！

扫描二维码，收听优秀共产党员的故事

诵读人

**郭易峰**

**郭易峰**

上海广播电视台故事广播主持人、节目监制，演播艺术家，中广联合会有声阅读委员会专家组成员。上海戏剧学院表演系兼职台词教师。代表作：游戏动漫配音《英雄联盟》《海绵宝宝》《愤怒的小鸟》等，电影配音《美国队长》《碟中谍》等，参演话剧《今夜请将我遗忘》《天堂，左灯右拐》《飞来横财》《大明四臣相》等。

# 邱少云

## ——烈火中永生

1926年，邱少云生于原四川省铜梁县（今重庆市铜梁区）一个贫苦农民家庭。新中国成立前，邱少云的父母都是贫苦的农民，全家6口人靠一块巴掌大的土地过活。邱少云的父亲不得不去帮船主拉纤运货，拼命干活儿，最后被可恶的老板害死。邱少云13岁那年，母亲也离开了人世，两个小弟弟送给了人家，邱少云和哥哥被迫去给地主扛长活儿，后又被抓了壮丁。

1949年，四川解放了，解放军从壮丁营中救出了邱少云。就在这一年12月，满怀感激之情的邱少云参加了中国人民解放军。

朝鲜战争爆发后，邱少云积极报名参加志愿军。他在入党志愿书中写道："为了世界革命，为了战斗的胜利，我愿意献出自己的一切！"

1952年10月，邱少云所在的连队接受了一项任务，要消灭平康和金化之间的391高地的敌军。然而391高地地形独特，易守难攻。在敌军和我军阵地之间还有3000多米宽的开阔地，是敌人的炮火封锁区。在这样长距离的炮火冲击下，必会导致我军较大伤亡，影响战斗的顺利进行。上级决定采用隐蔽作战，在发起攻击的前一天夜里，把部队潜伏在敌人阵地的前沿，打敌人一个措手不及。几百个人要在敌人眼皮底下隐蔽20多个小时而不能有一个暴露目标，这个任务何等艰巨啊！

深夜，500多名身披伪装草网的战士，以迅雷不及掩耳的速度在那蒿草丛生的开阔地埋伏了下来。也许是敌人对这片开阔地的情况有所怀疑，不多时，几架敌机朝着志愿军的阵地投下燃烧弹。有一颗燃烧弹落在了离邱少云两米远的草地上。不一会儿，插在邱少云腿上的蒿草被点着了，火苗在升腾。在邱少云后边，就是一条水沟，只要往沟里一滚，就可以把火扑灭。然而，这样就会把目标暴露给敌人，整个战斗布置将前功尽弃，战友们将面临巨大的危险。后方的指挥员对此心急如焚。邱少云放弃自救，任凭火焰越烧越猛，他强忍着常人难以想象的巨大痛楚，咬紧牙关，任凭烈火烧焦头发和皮肉，纹丝不动，坚持了30多分钟，直至壮烈牺牲，年仅26岁。

潜伏在这一片草丛里的其他战士，亲眼看到了这件事情的经过。烈火烧在邱少云身上，就像烧在他们的心上，但是他们也和邱少云一样，为了不暴露目标，不能去救援自己的战友。他们忍受着心灵上的痛苦，等待着战斗时刻的到来。在邱少云伟大献身精神的鼓舞下，反击部队当晚胜利攻占了391高地，全歼美军一个加强连。

**思考题**

在邱少云牺牲的朝鲜391高地的纪念石壁上，镌刻着：『为整体、为胜利而自我牺牲的伟大战士邱少云同志永垂不朽！』你怎么看待邱少云为集体牺牲的精神？

扫描二维码，
收听优秀共产
党员的故事

诵读人

**张　宁**

## 张　宁

新疆人民广播电台故事广播总监助理，主任播音员。主要作品：长篇连播《刺青》、长篇连播《卖烤羊肉串串的阿里木》、长篇连播《时间悄悄的嘴脸》、新闻专题《反恐英雄王亚洲》、广播纪实文学连播《习近平的七年知青岁月》等，获得中国新闻奖、中国五四新闻奖、中国影视大奖、中广联小说连播奖等荣誉。

# 黄继光

## ——舍身堵枪眼的『特级英雄』

很多同学都看过《上甘岭》这部电影。在抗美援朝战场上，上甘岭战役是1952年中国人民志愿军与“联合国军”展开的一场著名战役。在持续43天的战斗中，志愿军与“联合国军”反复争夺阵地达59次，志愿军共击退“联合国军”900多次冲锋。最终志愿军守住了阵地，打出了国威军威。

在这场战役中，有一位年仅21岁的“特级英雄”黄继光。他在多处负伤、弹药用尽的情况下，用自己的胸膛堵住敌人正在喷射火舌的枪眼，壮烈捐躯。让我们回顾战场上那惨烈的一幕！

1952年10月14日，“联合国军”开始向上甘岭和北山高地发动疯狂进攻。在不到4平方公里的高地上，他们投入6万兵力，倾泻了190万发炮弹和5000枚航弹。志愿军投入兵力4万多人，发射炮弹40万发。阵地上草木荡然无存，岩石构成的山头被打成半米多深的粉末儿堆。

黄继光是志愿军步兵某团通信员。他所在的营与敌人激战四昼夜后，奉命夺取上甘岭西侧高地。六连接连攻占三处阵地后，受阻于零号阵地。零号阵地有美军的集团火力点，要攻上山头必须首先打掉这个火力点。营参谋长连续派出三批爆破组，但爆破手都在中途伤亡了。时近拂晓，如果不能迅速消灭这个火力点，夺取零号主峰阵地，将贻误整个战机。关键时刻，黄继光挺身而出，请求担负爆破火力点任务。他在决心书上写道：“坚决完成上级交给的一切任务，争取立功当英雄，争取入党。”营参谋长批准了他的请求。他带领两名战士冲了上去，勇敢机智地连续摧毁敌人几个火力点。两名战士一名牺牲、一名重伤，黄继光也多处负伤。

美军照明弹将阵地照得如同白昼，几条火力点交叉扫射，封锁了道路。黄继光毫不畏惧，他趁着手榴弹爆炸烟雾的掩护，拖着受伤的身体匍匐前行。接近美军中心火力点时，他用力甩出最后一颗手雷。美军火力点被炸掉半边，机枪声也顿时停止了，黄继光也被巨大的爆炸声震昏了。就在部队发起冲锋时，美军火力点内残存的机枪又吼叫起来，向志愿军冲锋部队疯狂扫射，部队攻击再次受阻。这时，黄继光醒来，但他弹药用尽了，怎么办？只见他忍着剧痛，艰难地爬到地堡射击孔，突然跃身而起，张开双臂，向火力点直扑上去，用胸膛堵住美军正在喷射的枪口，为部队冲锋扫清了道路。部队迅速攻占了上甘岭高地，全歼守卫美军1200多人。

战友们冲上零号阵地时发现，黄继光敦实的身躯仍然压在敌人的射击孔上，他的手还牢牢地抓着周围的麻袋，宽阔的胸膛还紧紧地堵着敌人的枪口……他的腿已被打断，身上有7处重伤，身后有一道长长的血印。他的全身伤口和地堡前都没有血，原来，血都在路上流光了！可以想见，在最后时刻，黄继光是以何等坚强的毅力，拖着重伤的身躯，爬到敌人的地堡前，又一跃而起的。

战后，根据黄继光生前意愿，部队追认他为中国共产党党员。

**思考题**

同学们，历史是一面镜子，可以让现在的人从历史的反观中找准自己。想一想，为什么黄继光面对枪眼能够挺身而出？

扫描二维码，收听优秀共产党员的故事

诵读人

**姚　迪**

**姚　迪**

北京广播电视台城市广播《教育面对面》节目主持人，配音员。有声演播：《匆匆那年》《国运1644》《北京时间》等。为中国电影金鸡百花奖、电影百合奖、时尚集团颁奖典礼等担任现场颁奖画外音。担任央视电影频道《今日影评》以及电影频道整体包装配音。广告配音数千条，专题片解说数万分钟。

# 马海德

## ——第一位加入中国共产党的外国人

为了弘扬国际主义精神，抗战时期有一批外国人来到中国帮助我们，有些人把个人命运和中国人民的命运紧密联系在一起，不仅加入了中国共产党，还加入了中国国籍。马海德就是这样一位优秀代表。

马海德原名乔治·海德姆，祖籍黎巴嫩，1910年出生在美国。他23岁获得瑞士日内瓦医科大学医学博士学位后，踌躇满志地来到中国。他本想考察中国当时流行的热带病，但到达上海后，却发现中国人民正在遭受日本侵略者的蹂躏。他结识了宋庆龄和美国进步女作家史沫特莱等人，在他们的影响下，他知道了中国还有另外一个世界：那就是中国共产党、中国工农红军和他们领导的革命根据地。他开始投身革命活动，经常冒着风险协助中共地下党工作，他的诊所常常成为共产党地下工作人员联络和开会的地方。同时，他还在中美刊物上发表文章，介绍中国工农红军，揭露国民党当局的腐败。

在数年的革命活动中，马海德深得宋庆龄的信任。1936年，经宋庆龄推荐，他和美国作家埃德加·斯诺到革命根据地陕北考察。几个月后，斯诺完成了采访离开陕北，之后写出了轰动世界的《红星照耀中国》。而马海德毅然决定留下来投身中国革命，成为红军的卫生部总顾问。

1937年2月，马海德光荣地加入了中国共产党，成为第一个加入中国共产党的外国人。他说："从此我能够以主人翁的身份，而不是作为一个客人置身于这场伟大的解放事业之中，我感到极大的愉快。"当年年底，他回延安筹建陕甘宁边区医院。为了更好地接近边区的人民，他不仅很快学会了中国的普通话和陕北的方言，还把自己原来的美国名字乔治·海德姆改成了中国名字马海德，既增加了边区回族同胞姓氏中常见的“马”字，又保留了原来美国姓海德的字音。他还娶了一位美丽善良的中国姑娘苏菲为妻。寒来暑往，马海德以崇高的国际主义精神和精湛的医术为边区军民服务，他成为那里最受欢迎的外国人，边区的老老少少都亲切地称他“马大夫”。在对外交往中，马海德积极向前来边区考察的外国人宣传真实的中国，争取国际援助，使边区获得了急需的医疗器材和药品。

1949年，中华人民共和国成立了，马海德选择留在中国，加入了中国国籍，他深深地为自己成为新中国公民而自豪。1950年，他被任命为卫生部顾问，致力于我国皮肤病、麻风病的防治与研究工作，取得了举世瞩目的成就。麻风病如今已经消失了，但在过去，这是一种危害极大的传染病，马海德根据中国国情，将传统的住院隔离治疗改变为社会防治，并从国外引进药疗新技术，大大加快了消灭麻风病的进程，因此获得“国际麻风奖”。他被誉为“新中国卫生事业的先驱”。

78岁那年，马海德在北京病逝。根据他本人遗愿，妻子苏菲把他的一部分骨灰撒入中国的延河里。这位祖籍黎巴嫩、生于美国、学于瑞士、逝于中国的马大夫临终前无怨无悔地说：“如果让我重新开始生活，我还是要选择这条道路，这是毫无疑问的。”2019年，因为崇高的国际主义精神和以精湛的医术为中国人民作出的贡献，他被授予“最美奋斗者”荣誉称号。

**思考题**

1972年，写过《红星照耀中国》的美国记者埃德加·斯诺已经病重，他对马海德说：『我羡慕你走过的道路，我常想，如果当时我也像你一样留在延安，我今天的境况将是怎样的呢？』你怎么看待这一对老友的对话呢？

扫描二维码，收听优秀共产党员的故事

诵读人

**苏 扬**

## 苏 扬

中央广播电视总台央广中国之声首席主播，金话筒奖得主，主任播音员。代表作有央广新闻评论节目《央广新闻晚高峰》主播，长篇纪实文学《梁家河》有声版播讲，纪录片《邓小平遗物的故事》《苦难辉煌》《第三极》《河西走廊》《大后方》解说，央视《国家记忆》栏目主讲等。

# 伊斯雷尔·爱泼斯坦

## ——中国就是我的家

伊斯雷尔·爱泼斯坦1915年出生于一个波兰犹太人家庭，为了反对对犹太人的种族歧视政策，他在两岁的时候，全家迁到中国，后来定居天津。16岁那年，他就开始从事新闻工作，在英文《京津泰晤士报》报社从事新闻工作。

抗日战争时期，他以笔为剑投入抗战。作为美国合众社记者，爱泼斯坦在中国奔赴南京、广州、武汉和山东台儿庄前线战场等地采访。身为犹太人，他对于被压迫民族的痛苦感同身受，甘冒危险参加掩护中国平民的行动。1938年6月，宋庆龄在香港发起成立保卫中国同盟（简称“保盟”），他志愿为保盟工作，编辑《保盟通讯》英文版，向全世界传播中国抗战的真实情况，为中国人民募集国际援助。

1941年，香港沦陷，他一度被日本侵略者抓入集中营，历尽磨难后越狱成功。1944年，他积极参加中外记者团赴陕北采访。在采访毛泽东、周恩来等领导人，深入走访人民群众之后，他撰写的《人民之战》一书在伦敦出版。1944年，他离开了中国，但他仍然关心中国，笔耕不辍，在美国出版《中国未完成的革命》等著作，继续向外国读者介绍中国革命。

1951年，爱泼斯坦再次接到宋庆龄的邀请，请他回到中国参与创办《中国建设》杂志。在宋庆龄心目中，如果找一位能够向世界讲好中国故事的专家，没有比爱泼斯坦更合适的人了，他热爱中国、经验丰富又精通新闻传播。爱泼斯坦非常高兴，为了能够成行，他和妻子邱茉莉一起，冲破美国反华势力的阻挠，从美国取道波兰，绕了大半个地球之后，再次漂洋过海来到中国。

这次来到中国，他再也没有回去。他把这份真挚的感情倾注到《中国建设》（今天的《今日中国》）英文版这本杂志上。《中国建设》初创时，连办公室都没有，他和同事们就在公园里讨论稿件；北京没有外文印刷厂，他每隔一个月就坐四天四夜的火车，到上海印刷厂亲自查看杂志清样。现在，这本杂志已经通过8种文字向150多个国家和地区发行，成为世界人民了解中国的重要窗口。爱泼斯坦还参与了大量重要党政文献的英文翻译定稿工作。

宋庆龄在晚年曾多次表示过让爱泼斯坦为她写一部传记的愿望，宋庆龄说："我只信任艾培来做这件事，因为他比别人更了解我。"爱泼斯坦没有辜负宋庆龄的期望，他用了10年时间竭尽全力工作，完成了这份光荣责任，让这位举世公认的20世纪伟大女性真实生动地展现在世界面前。在他的笔下，宋庆龄的个人品格既完美又独特，给人的鼓舞力量是不分中外、无远勿届的。这本书一经面世就获得国家图书金奖。

怀着对中国和中国人民的真挚感情，1957年爱泼斯坦加入了中国国籍，1964年加入了中国共产党。2005年，他在北京逝世，长眠在这片他深深热爱的土地上。这位国际著名记者、作家深情地说："我爱中国，爱中国人民，中国就是我的家，是这种爱把我的工作和生活同中国的命运联系在一起。"2019年，爱泼斯坦被授予"最美奋斗者"荣誉称号。

**思考题**

在回忆录《见证中国》中，爱泼斯坦写道：『在我生命的夕阳余晖里，有人也许会问：你对自己选择的生活道路是否后悔？在历史为我设定的时空中，我觉得没有任何事情比我亲历并跻身于中国人民的革命事业更好和更有意义。』你怎么看待爱泼斯坦的人生选择？

扫描二维码，
收听优秀共产
党员的故事

诵读人

**田　薇**

**田　薇**

中央广播电视总台主持人，前驻华盛顿记者。曾荣获世界经济论坛"全球青年领袖"殊荣、"彩虹奖""中国新闻奖""中央电视台年度优秀主持人"等奖项。现担任CGTN《世界观察》主持人，以全球高端人物深度专访独树一帜，并应邀主持世界各大顶级国际论坛。多年积极投身公益事业，现任中国宋庆龄基金会理事，联合国开发计划署中国特别顾问、中国红丝带健康大使、中国精神健康宣传大使等。

# 王进喜
## ——铁人

“宁肯少活20年，拼命也要拿下大油田！”提起王进喜，大家第一时间就会想起他的这句名言。

1923年，王进喜出生于甘肃省玉门一个贫苦的农民家庭。1950年春，他通过考核成为新中国第一代钻井工人。

1959年，他作为石油战线的劳动模范到北京参加群英会，看到大街上的公共汽车，车顶上都背个大气包，他奇怪地问别人：“背那家伙干啥？”人们告诉他，因为没有汽油，烧的是煤气。这话像锥子一样刺痛了他。王进喜后来说：“北京汽车上的煤气包把我压醒了，真真切切地感到，国家的压力、民族的压力，呼的一下子都落到了自己肩上。”

1960年春，我国石油战线传来喜讯——发现大庆油田，一场规模空前的石油大会战随即在大庆展开。王进喜从玉门油田率领1205钻井队赶来，加入了这场石油大会战。

一到大庆，呈现在王进喜面前的是许多难以想象的困难：没有公路，车辆不足，吃和住都成问题。但王进喜和他的同事下定决心：有天大的困难也要拿下大油田。钻机到了，吊车不够用，几十吨的设备怎么从车上卸下来？王进喜说：“就是人拉肩扛也要把钻机运到井场。有条件要上，没有条件创造条件也要上。”他们用滚杠加撬杠，靠双手和肩膀，奋战三天三夜，38米高、22吨重的井架迎着寒风矗立在荒原。要开钻了，可水管还没有接通。王进喜振臂一呼，带领工人到附近水泡子里破冰取水，硬是用脸盆水桶，一盆盆、一桶桶地往井场端了50吨水。王进喜带领全队苦干五天五夜，打出了大庆第一口喷油井。

在随后的10个月里，王进喜率领1205钻井队和1202钻井队，克服重重困难，双双达到了年进尺10万米的奇迹。几百斤重的钻杆砸伤了王进喜的腿，他拄着双拐继续指挥。一天，突然出现井喷，当时没有压井用的重晶粉，王进喜当即决定用水泥代替。成袋的水泥倒入泥浆池却搅拌不开，王进喜就甩掉拐杖，奋不顾身地跳进齐腰深的泥浆池，用身体搅拌，井喷终于被制服，可是王进喜累得站不起来了。房东大娘心疼地说：“王队长，你可真是铁人啊！”

然而，常年过度劳累使得“铁人”的身体比常人提早垮了。1970年11月15日，王进喜因胃癌晚期不幸病逝，年仅47岁。

临终前，他用颤抖的手取出一个小纸包，交给守候在床前的一位领导。纸包里面是他住院以来组织给他的补助款和一张记账单，一笔一笔记得清清楚楚，一分也没有动。王进喜说：“这笔钱，请把它花到最需要的地方去，我不困难。”

曾经发出“宁肯少活20年，拼命也要拿下大油田”誓言的王进喜，把自己的一生献给了祖国的石油事业。

**思考题**

同学们，铁人精神是伟大的民族精神的生动体现。当你在学习中遇到困难的时候，是否也会和铁人一样克服困难勇往直前呢？

扫描二维码，收听优秀共产党员的故事

诵读人

**广　东**

**广　东**

本名孙广东，大庆电视台播音部主任、主任播音员，民生新闻节目《今晚60分》首席主持人，黑龙江省首届十佳主持人。

# 时传祥

## ——宁肯一人脏，换来万家净

时传祥，是二十世纪五六十年代北京市崇文区（今东城区）掏粪工，曾经荣获“全国劳动模范”等光荣称号。他“宁肯一人脏，换来万家净”的精神，流传至今。

从小生活在城市里的同学们可能会问：掏粪工是做什么的呢？

在新中国成立之初，很多地方使用的厕所是旱厕，没有冲水设施，需要人工定期清除粪便。后来，政府为了改善掏粪工的工作环境，降低劳动强度，提高城市管理水平和公厕卫生条件，开始逐步投入资金将过去的旱厕改建为水冲式公厕，又投资购置真空吸粪车直接从化粪池中抽取粪便，彻底结束了掏粪工挨家挨户叫门、勺舀肩挑的历史。

所以，随着时代的发展，掏粪工这个职业，也渐渐消失了，但在当初，他们维系着一座城市和人们日常生活的正常运转。

我们今天故事的主人公时传祥，可以说，就是新中国历史上最著名的掏粪工。

1915年9月20日，时传祥出生在山东省齐河县的一个贫苦农民家庭。他14岁逃荒，流落到北京城郊宣武门的一家私人粪场，当了掏粪工。他一干就是20年，受尽了压迫与欺凌。

新中国成立后，人民当家作主，时传祥兴奋地发现，掏粪竟也是社会主义建设事业的一部分！他被工友选为崇文区“粪业工人工会”委员，并加入了崇文区清洁队。他满怀热情，任劳任怨地投入到掏粪这项光荣的劳动之中。

时传祥为了干好掏粪工作，动了不少脑筋。老北京平房多，四合院里人也多，茅坑浅，粪便常常溢出来，气味难闻。他总是主动找来砖头，把茅坑砌得高一些。茅坑里掉进了砖头瓦块等杂物，他总是掏完粪，再把茅坑清理干净。

他合理计算工时，将原来7个人的掏粪小组，改为5人一组，工作量不减反增，由每人每天50桶增加到80桶。他自己则每天背90桶。他以主人翁的姿态，奋战在“搞好环境卫生，美化人民首都”的第一线。

1955年，他被评为清洁工人先进生产者。1956年，当选为崇文区人大代表，并加入中国共产党。1958年，担任北京市政协委员。

1959年，他被选为全国劳动模范。国家主席刘少奇握着他的手说：“你掏大粪是人民勤务员，我当主席也是人民勤务员，这只是革命分工不同。”时传祥当即表示：“我要永远听党的话，当一辈子掏粪工。”

这年国庆，毛泽东主席还邀请他登上天安门，参加新中国成立10周年庆典。《人民日报》、中央人民广播电台等媒体，对他的事迹大为宣传。他立刻成了全国闻名的大名人。

1975年5月19日，时传祥病逝北京，时年60岁。去世前，他反复叮嘱儿子，要他继承父志，一定要当一名称职的掏粪工。

时传祥在平凡的环卫岗位上无私奉献了一生，为首都的环卫事业作出了不平凡的贡献。他向人们生动地诠释了劳动的光荣和生命的价值，为后人树立了全心全意为人民服务的光辉典范。

**思考题**

同学们，在北京的龙潭湖公园里建有一座『时传祥纪念馆』，他的职业已经消失了，但他的精神还在，你从何处或在哪些人身上感受过这种精神？

扫描二维码，收听优秀共产党员的故事

诵读人

**肖 佟**

**肖 佟**

北京电台播音员，曾任北京电台播音员主持人管委会副主任、新闻中心副主任、播音部主任，副高级职称。70年70人·杰出演播艺术家。国家级普通话测试员、中华儿童促进语言艺术专业委员会专家、全国社会艺术水平朗诵与少儿播音主持艺术考级考官。曾播讲制作《苍生》《西西里岛的较量》《啊，昆仑山》《蒲叶溪磨房》《追赶太阳的人》《天地人心》等几十部中长篇小说。

# 张秉贵

## ——被誉为『燕京第九景』的售货员

张秉贵是北京市百货大楼的一名普通售货员，他在平凡的岗位上做出了不平凡的成绩。他是20世纪50年代到80年代我国商业系统最著名的全国劳动模范，他的绝活儿是售货“一抓准”和算账“一口清”、“接一问二联系三”的工作方法，以及“一团火”的服务精神。凭借这些“绝活儿”，张秉贵成为新中国商业战线的一面旗帜，带动了整个行业服务水平的提升。在他生前，很多外地顾客慕名而来，在他的糖果专柜前排起长队，只为亲身感受他的技艺和服务。燕京有八景，张秉贵售货被群众亲切地誉为“燕京第九景”。北京百货大楼门前广场矗立着一尊半身铜像，那就是普通售货员张秉贵。

1929年11岁的张秉贵便到纺织厂当了童工，17岁到北京一家杂货店当学徒。20世纪50年代初，新中国百废待兴，即将开业的北京百货大楼招聘营业员，尽管规定只招收25岁以下的年轻人，但已经36岁的张秉贵因为有多年的经商经验而被破格录取。他做梦也没想到能当上“新中国第一店”的售货员，在宽敞明亮的柜台前体面地为顾客服务，感到无比光荣的他更坚定了“为人民服务”的信念。从1955年开始，在他30多年平凡的售货实践中，他胸怀“心有一团火，温暖万人心”的职业信念，全心全意地为顾客服务。

张秉贵常说：“售货员要用一团火来温暖顾客，使他们不仅在商店里感到热乎乎的，回家后热乎乎的，走上工作岗位还要热乎乎的，这才算我们对革命事业的一点儿贡献。”30多年来，张秉贵接待顾客近400万人次，没有跟顾客红过一次脸、吵过一次嘴，没有怠慢过任何一个人。北京百货大楼当时是全国最大的商业中心，客流量大，加之物资相对匮乏，顾客通常要排长队。张秉贵便下决心苦练售货技术和心算法，练就了令人称奇的“一抓准”“一口清”技艺。

所谓“一抓准”，就是一把就能抓准分量，顾客要半斤，他一手就能抓出五两;“一口清”则是神奇的算账速度，遇到顾客分斤分两买几种甚至一二十种糖果，他也能一边称糖一边心算，经常是顾客要买多少的话音刚落，他就报出了价钱。后来他又发明了“接一问二联系三”的工作方法，就是在接待一个顾客时，便问第二个顾客买什么，同时和第三个顾客打招呼，做好准备。他在问、拿、称、包、算、收6个环节上不断摸索，接待一个顾客的时间从三四分钟减为一分钟。

张秉贵不仅技术过硬，还注重仪表，坚持每周理发，每天刮胡子、换衬衣、擦皮鞋。他还注意研究顾客的不同爱好和购买动机，揣摩他们的心理。为了精通商品知识，每逢公休日，张秉贵就蹬上自行车到工厂、医院和研究单位，学习糖果知识。由于熟悉顾客和商品的特点，张秉贵可以针对一些特殊的顾客推荐商品。

有位拄着拐杖的老人，经常来欣赏他售货。老人说:“我是个病人，每天来看看您站柜台的精神劲儿，为人民服务的热情劲儿，我的病也仿佛好了许多。”

**思考题**

同学们，张秉贵把普通的售货工作做成了事业，做成了艺术，做出了境界。请你以『平凡中的伟大』为题，以张秉贵的事迹为例，谈谈你的观点。

扫描二维码，
收听优秀共产
党员的故事

诵读人
**李海峰**

**李海峰**

文化学者，中国美术家协会会员，北京东城区美术家协会副主席，北京扇子艺术协会副会长。齐白石再传弟子、齐派艺术当代最具代表性传承人之一。北京电视台节目主持人、制片人，抖音大V——“丹青旅者”。

# 马恒昌

## ——发出开展爱国主义劳动竞赛倡议的劳动模范

马恒昌1907年出生，辽宁辽阳人。1948年11月，我国最大的重工业城市沈阳解放。正在沈阳第五机器厂当车工的马恒昌和他的工厂也从此迎来了新生活。

从15岁就进工厂学车工的马恒昌简直不敢相信眼前发生的变化是真的。因为，他经历过的生活曾经给他带来太多的悲伤和失望。可是通过观察他发现；共产党派来的厂长和工人一样住简陋的平房，自己烧炉子取暖做饭，生活上没有一点儿特殊；原先的国民党工头虚报冒领吃空饷，绞尽脑汁地克扣工人的血汗钱，而工厂还没开工共产党就派来厂长为工人发高粱米，千方百计地安排好工人的生活……马恒昌平生没见过这么好的厂长，也没见过这么平等的社会，因此，他坚信共产党确实是为老百姓服务的，于是决定跟着共产党走，报答共产党的恩，建设新中国、新社会。

第五机器厂原是一所兵工厂，主要生产六零炮、冲锋枪和少量机床。沈阳刚解放的时候，马恒昌所在的车工一组还是过去的工头管理，对工人非打即骂，恶霸作风十足，工人们再也不能忍受他的欺辱了，齐心赶走了旧工头，一致推举为人正直、技术好的马恒昌为组长。这时候小组共有10名组员。新的环境、新的带头人、新的工作方式，激发了大家的工作热情。当时，辽沈战役已结束，平津战役、淮海战役还在进行中，前线急需武器。工厂把修复17门高炮闭锁机的任务交给了车工一组，当时既没图纸，也没工艺，只有废旧的部件做样子，马恒昌便和工友一起动手测绘画图，即使发高烧也带病坚持生产。有一次，敌机来轰炸，一颗炸弹在车间旁爆炸，厂房窗户都震碎了，玻璃碴子乱飞，可马恒昌他们仍然坚守岗位，昼夜加班生产。就这样，他们硬是提前5天完成了闭锁机的制造任务。高炮一响，国民党反动派的飞机再也不敢来轰炸搞破坏了。接着，小组又圆满地完成了子弹检查机和子弹装存机等多项任务。

1949年初春，马恒昌带领车工一组向全厂发起了迎接“红五月”的劳动竞赛，把消灭废品、提高质量和效率作为竞赛的主要目标，得到了全厂50多个班组的热烈响应，一个你追我赶、力争上游的竞赛场面在全厂展开。在竞赛活动中，马恒昌带头革新了斜度板胎具，提高了工效3.1倍，创造了连续37天无废品、改进14种工具、工效提高2倍多的新成绩。他的团队在劳动竞赛中当了“状元”，厂领导把车工一组正式命名为“马恒昌小组”。

1951年，“马恒昌小组”通过报纸向全国发出开展爱国主义劳动竞赛的倡议，得到全国1.8万个班组的积极响应。从此，马恒昌的名字就在全国叫响了。

这期间，小组的10名工友都入了党，有3人被评为全国劳动模范，12人被评为省劳动模范，3人被授予全国五一劳动奖章，1人被选为全国人大常委会委员，小组5次被命名为国家级先进集体，54次受到省部级的表彰奖励。

**思考题**

同学们，马恒昌小组以团结协作、互帮互助的集体主义精神，成就了一个团队。想一想，在大家的学习中，如何做到『比学赶帮超』，使身边的同学共同进步呢？

扫描二维码，收听优秀共产党员的故事

诵读人

**李 锐**

**李 锐**

北京广播电视台播音指导，栏目监制、主持人。曾获得三次中国新闻奖、两次中国广播影视大奖、两次中国国际广播新闻奖、全国播音主持金话筒奖提名奖、首都精神文明建设奖、四次北京新闻奖，入选北京市宣传系统“百人工程”。并获得北京市最美慈善义工、“北京好声音”、“心目影院”爱心大使等称号。

# 马永顺

## ——从砍树劳模到栽树英雄

1998年，时任国务院总理朱镕基在接见马永顺时称赞他说："你这一辈子干了两件好事：当国家建设需要木材的时候，你是砍树劳模；当国家需要生态保护的时候，你是栽树英雄，我们都要向你学习呀！"

马永顺，1914年出生，是新中国第一代伐木工人，被誉为"伐木能手""林海红旗""森林巨子""兴安愚公"。他曾靠弯把子锯一个冬天采伐木材1200立方米，1人完成6人的工作量，创全国手工伐木产量之最，创造的"安全伐木法""四季锉锯法"在林业战线得到推广。退休后，他坚持17年造林，植树5万多棵,荣获了联合国"全球环保五百佳"荣誉称号。

新中国成立初期，国家百废待兴，经济建设急需大量木材。作为林区第一代伐木工人，马永顺带着对党和国家的感激之情，投身于祖国林区的开发建设中。1949年，马永顺带着他的工组，在工作生活条件极为恶劣、树木采伐设备和技术落后的条件下，顶风雪，战严寒，战胜各种艰难险阻，为国家建设奉献了大量木材。

在林区开发建设初期，伐木工人们面临的困难重重，木材采伐还没有形成系统完备的科学方法，只能靠工人们一边实践，一边摸索，一边总结。生产中，马永顺带头跪着伐树，创造了"降低伐根法"，伐根由原来的50至60厘米降到15至10厘米，最终降到0厘米。他在自己创造的10多种伐树法基础上，总结出"安全伐木法"。他根据季节、木质硬度的变化创造了"四季锉锯法"，提高工效35%。为了解决跑单帮、"个顾个"

的落后生产方式，他首先在自己的工组搞起了流水作业试点，创造了“流水作业法”。他还创造了“一次净号作业法”“科学量材法”，等等。马永顺带头刻苦钻研，创新工作方法，极大地提高了林区工人的生产效率，为祖国建设贡献了大量的木材。

在伊春林区开放建设的年代，正是以马永顺为代表的老一辈林业工人用他们的青春和热血，让沉睡千年的林海苏醒，让人迹罕至的群山沸腾。从此开启了伊春林区艰苦创业的历程，奠定了共和国森林工业的根基。

1982年退休后，马永顺说：“只要我身子骨不散花，就要上山造林。”他粗略计算过，自己砍伐过36000棵树，一定要把这个“债”给大山还上。从此，从一个人植树到全家20多口人一齐上阵，从还自己的“欠账”到尝试还一代林业工人的“欠账”。1995年，马永顺在市政府和铁力林业局的支持下，在山上建立了固定的“马永顺林”育林基地，全家人表示，要一代一代长期在基地上造林。马永顺勤勤恳恳，为国家义务植树几十年，没有索取过任何报酬。

周恩来总理曾经对他说：“你们林业工人要多造林，造好林，实现青山常在，永续利用。”这成为马永顺为之奋斗一生的目标。

**思考题**

同学们，马永顺精神不仅属于历史，更属于现在和未来。你认为，在新时代，马永顺精神有什么新内涵呢？

扫描二维码，收听优秀共产党员的故事

诵读人

**燕 文**

**燕 文**

本名牟燕文，主任播音员。曾任北京人民广播电台办公室主任、北京新闻广播《北京新闻》主播。1997年，荣获中国广播电视第九届优秀播音与主持作品评选金奖；1998年，荣获中国播音与主持作品奖一等奖。

# 赵梦桃

## ——30秒完成10个『接头』的劳动模范

1963年，一位年仅28岁的纺织女工因病去世，她的精神感动了整整一个时代。她那种用主人翁的身份好好干、下苦干、老实干的敬业品质，让人为之感动；她那种高标准、严要求、行动快、工作实、抢困难、送方便的精神，成为一个时代的精神坐标。她就是新中国第一代劳动模范赵梦桃。

赵梦桃1935年出生在河南洛阳一个贫苦的家庭，家中共有兄妹4人，大哥被日本侵略者抓去折磨致死，小妹在逃难中丧生。1949年，14岁的小梦桃与母亲逃荒来到陕西蔡家坡，靠捡煤渣、挖野菜苦熬到解放。

1951年，16岁的赵梦桃进入西北第一棉纺织厂，成为一名细纱车间的值车工。这位从旧社会走出来的苦命丫头，一走进细纱车间，万锭飞转，银线如流，看见女工轻盈地走在弄档里，顿时心生羡慕。最叫她眼热的还是老师傅戴着的红围腰，中间缀着“郝建秀工作者”。赵梦桃仿佛看见了生活的曙光，在心里暗暗发誓：好好干，下苦干，老实干，报答共产党的恩情！

为了掌握技术，赵梦桃抓住一切时间苦练操作技术。别人一个巡回3到5分钟，她用2分50秒；别人在车头车尾说话，她上厕所都是小跑。

仅用一年时间，赵梦桃就以优异的成绩第一个戴上了“郝建秀红围腰”，不久又被选为细纱乙班四组工会组长。当时，为了做好清洁工作，每部车头放着一把蘸水的棉花，每部车每天因蘸水浪费的棉花就有三四两，全年浪费2万多斤。赵梦桃感到这是很大的浪费，就试着用湿抹布抹毛，推广之后，为国家节约了大量原棉。

从1952年至1959年的7年间，赵梦桃创造了月月完成生产计划、年年均衡生产的好成绩，仅节约棉花就达1200多公斤。

一次开会期间，赵梦桃学会了用“双手拨皮辊花”技术，创造了千锭小时“断头”只有55根、皮辊花率1.89%的好成绩。进厂不到两年，赵梦桃光荣地加入了中国共产党。她的看车能力从200锭扩大到600锭，生产效率是原来的3倍。

“党教导我们要做个火车头，我们要鼓足更大的力气，把火车头开稳，开快，不辜负党的希望。”梦桃常这样说。

在她的影响下，赵梦桃小组“人人争当先进，个个争当劳模”蔚然成风。“抢困难、送方便”“不让一个姐妹掉队”是赵梦桃对自己的要求，也是对同组姐妹们的承诺。

赵梦桃经常说：“一人先进孤单单，大家先进推倒山。”为了不让一个姐妹掉队，她经常把自己调试顺手的纺机换给同伴用，自己使用难度很大的“老虎车”。尽管如此，她仍然月月完成生产计划，并帮助15名工人成为工厂和车间的先进生产者。在她的带领下，赵梦桃小组被评为全国先进集体。

1963年4月，陕西省将赵梦桃工作的细纱车间乙班四组命名为“赵梦桃小组”。不幸的是，仅仅两个月后，这位把青春奉献给纺织事业的细纱女工因病去世，年仅28岁。

如今，半个多世纪过去了，赵梦桃曾经用过的老旧设备，已经换成了先进的机器，“赵梦桃小组”的组员换了一批又一批，但“梦桃精神”如同永不熄灭的精神火炬，依然被一代代纺织女工坚守传承。

**思考题**

同学们，赵梦桃用她短暂的一生，为我们诠释了生命的意义和价值。请告诉我们，你理解的梦桃精神吧！

扫描二维码，收听优秀共产党员的故事

诵读人

**彦 旭**

**彦 旭**

北京人民广播电台节目制作中心副主任，官方客户端听听FM负责人，北京电台首席播音员，金话筒奖获得者，播音指导。主持和采制的广播节目多次获得中国广播影视大奖一等奖、北京新闻奖一等奖等，被授予全国艺德楷模、首都精神文明建设奖、北京市先进职工、北京市优秀新闻工作者、北京市青年人才等荣誉称号。

# 金茂芳

## ——印在人民币上的女拖拉机手

讲述之前，大家可以先搜索一下第三套人民币一元钱的图案，这版一元钱的正面，一位女拖拉机手正在驾驶着拖拉机劳动，她的短发在风中飘扬，面带笑容，英姿勃发，这就是我们今天故事的主人公金茂芳——第三套人民币一元纸币正面的女拖拉机手图案的原型之一。

金茂芳1933年出生在济宁，是一个地道的山东人。18岁时，她响应国家号召，跋山涉水来到新疆石河子，成为一名光荣的军垦战士。与家乡相比，新疆石河子茫茫戈壁、漫漫风沙，自然条件十分恶劣。夏天，热风挟着细沙，不时吹打着脸庞；冬天，白雪覆盖荒原，寒风凛冽刺骨。在艰苦的环境里，军垦战士们在“一张白纸”上造绿洲、建新城。

在选择工种时，金茂芳毫不犹豫地选择了当拖拉机手。在20世纪50年代，一台拖拉机可是十分宝贵的，金茂芳驾驶的是一辆“莫特斯”拖拉机。第一次驾驶的时候，金茂芳高兴极了，东摸摸，西看看，感觉无比光荣。她心里暗下决心：组织上把这么贵重的机器交给我，一定要好好干！金茂芳像对待孩子一样对待她的拖拉机，除了每天把拖拉机擦得干干净净外，给拖拉机加水也十分精细。拖拉机水箱不能“喝”碱水，必须要“喝”好水，金茂芳每次都把水烧开放凉，再给它加凉开水。

在金茂芳看来，开拖拉机走直线是最难的技术，如果行进轨迹不是直线，就会影响播种和产量。工作之初，她连做梦都是练习开拖拉机的情景，生怕因为自己技术的原因耽误工作，影响作物产量。

有一年冬天，那天特别冷，金茂芳和同事要赶赴莫索湾垦区，结果拖拉机油管被冻住无法进油。情急之下，她就用嘴去温暖冰冻的油管。天气太冷，嘴唇被粘在油管上，金茂芳用力使嘴唇脱离油管时，结果嘴唇被粘下一层皮，鲜血直流，但金茂芳根本顾不得那么多，尝试了各种办法，直到发动机能正常工作。为了赶工期、抓紧运输建设物资，金茂芳和伙伴们连续三天四夜不停地赶路，谁也没叫过一声苦。

金茂芳开拖拉机的技术越来越熟练，曾创下一天播种120亩地和7年时间完成20年任务的纪录。担任“莫特斯”机车组组长的7年间，金茂芳工作时长共计33395个小时，完成25.83万个标准亩，节约油料52145公斤，在当时，节约费用8万多元。

如今，金茂芳当年耕作的茫茫荒原，片片戈壁变身锦绣绿洲，崛起为一座新城。那台陪伴了金茂芳青春时代的拖拉机，早已光荣退休，被新疆生产建设兵团军垦博物馆收藏。金茂芳时常也会去看看它，回忆当年的岁月。

**思考题**

金茂芳对自己的事业不断钻研，从一无所知到成为开拖拉机的行家能手，她努力奋斗的动力来自什么呢？

扫描二维码，收听优秀共产党员的故事

诵读人

**李　圆**

**李　圆**

播音指导，70年70人·杰出演播艺术家，国家广播电视播音员主持人资格考试考官，教育部评审专家库专家，山东省当代艺术教育研究中心研究员，山东省广播电视局首席播音员。多部作品获中国广播影视大奖、中国新闻奖、泰山文艺奖等政府一等奖。

# 孟泰

## ——多次被毛泽东接见的新中国第一代全国劳动模范

1948年2月，鞍山解放后不久，50岁的孟泰进入刚成立的鞍山钢铁厂工作。为尽快恢复高炉炼铁生产，他率领工人跑遍十里厂区，没日没夜地干。几个月内，他们收集了大量废旧材料，建立起“孟泰仓库”，为鞍钢第二座炼铁高炉的迅速开工创造了有利条件。

1948年，鞍山钢铁厂成立。一天，鞍钢制铁部的主任请孟泰去谈话，希望他到后方通化去抢修高炉。长期受日伪、国民党统治的鞍山老百姓中，有些人担心跟着共产党去解放区，万一国民党回来，全家都得遭殃。孟泰通过与共产党人的接触，知道共产党是为老百姓谋利益的，他多次当着工友和全家人表示：“跟着共产党走，棒打不回头！”

1948年11月2日，东北全境解放。上级决定调孟泰回鞍山修复高炉。回到鞍山，孟泰没等家安顿好就往厂里跑。厂里一片荒凉。留用的日本技术顾问根本不相信共产党有能力恢复鞍钢生产，他们断言：“中国人要出钢，至少得20年后。”

但是，孟泰和工友们不信邪，大家积极投身恢复生产工作。开始时，厂内器材缺乏，孟泰就自己动手动脑，从乱铁堆上打主意。他把可用的零件一件件地清理出来，加以修理，解决了不少困难。在他的动员下，工人们在废铁堆里找出了许多有用的器材。复工有望，大家情绪日益高涨，不论刮风下雨，都去翻铁堆、修零件、安管道，高炉最终被按时修好。随后，他们又修复了第二座、第三座高炉的管道。

孟泰和他的配管班搜集的器材，不仅保证了复工的需要，还有大批盈余的器材堆满了一间小屋，工人们亲切地称它为“孟泰仓库”。每当修建任务分配下来时，他们就首先打开“孟泰仓库”去寻找合适的器材，尽量不去大仓库领材料。在修复炼铁厂2号高炉的过程中，“孟泰仓库”就派上了大用场。

在孟泰的带领下，配管班的工人们对安装管道的工作也极为负责。大家认真执行孟泰提出的“三保”“四勤”的口号。“三保”是保证不漏水、不漏风、不漏气，“四勤”是勤看、勤走、勤检查、勤修理。因此，尽管他们修理管道用的零件很多是废物利用，却从没发生一起事故。

1950年，朝鲜战争爆发，美国出动飞机轰炸丹东。孟泰主动当起护厂队员，把铺盖卷扛到厂里，就算安了“家”。空袭警报响起，孟泰就拎起大管钳，飞跑到高炉总水门旁去守卫。

与高炉循环水打了几十年交道，孟泰对密如蛛网的1000多根冷却水管线烂熟于心。实践中，他归纳出一套“眼睛要看到，耳朵要听到，手要摸到，水要掂到”的工作规律及操作技术。这“四到”被人们称为“孟泰工作法”。其中，“掂水”的功夫堪称一绝。孟泰只要把手伸向流淌的循环水水流里掂几下，便可准确地判断出水的温度、压力及管路流通的状况。凡是高炉循环水出故障，他总能手到病除，同行们都称他为“高炉神仙”。

孟泰爱厂如家，爱炉如命，钻研精神与苦干精神并存，积累经验与技术革新并重。爱岗敬业、不畏艰难、无私奉献、勇于牺牲，孟泰精神永不过时。

**思考题**

同学们，泰戈尔说：『埋在地下的树根使树枝产生果实，却并不要求什么报酬。』试着以孟泰精神为例，谈谈你对这句话的理解。

扫描二维码，收听优秀共产党员的故事

诵读人

**李 巍**

## 李 巍

一级编导，鞍山市新闻传媒中心总编辑助理、电台总编室主任。曾与单田芳、石连君等数位评书艺术家和演员合作，录制了千余集的评书作品。演播代表作：《玉虫》《曹植传》。曾获“全国广播影视百优理论人才”“全国百优广播节目主持人”“辽宁省金话筒奖金奖”。

# 雷锋

## ——把有限的生命投入到无限的为人民服务之中去

雷锋是大家熟悉得不能再熟悉的名字，他的故事很多人也如数家珍。

在《雷锋日记》里有这样一段话：如果你是一滴水，你是否滋润了一寸土地？如果你是一线阳光，你是否照亮了一分黑暗？如果你是一颗粮食，你是否哺育了有用的生命？如果你是一颗最小的螺丝钉，你是否永远坚守在你生活的岗位上？如果你要告诉我们什么思想，你是否在日夜宣扬那最美丽的理想？你既然活着，你又是否为未来的人类的生活付出你的劳动，使世界一天天变得更美丽？我想问你，为未来带来了什么？在生活的仓库里，我们不应该只是个无穷尽的支付（取）者。

这段话被称为“雷锋七问”，7个问题围绕着“人为什么活着”发出，质朴又直击人的心灵，雷锋用自己的生命回答着这些问题。

雷锋1940年出生在湖南省望城县（今望城区），7岁沦为孤儿。新中国成立后，雷锋获得了新生。1958年，18岁的雷锋响应国家号召，到辽宁鞍山当了一名推土机手，11月，被分配到鞍钢化工总厂洗煤车间工作。1960年1月，雷锋应征入伍，成为一名战士。连队分配他当汽车兵，他就努力钻研驾驶技术，成为一名合格的汽车驾驶员。担任班长后，他事事模范带头，带领全班成为部队先进集体。

推土机手雷锋、洗煤工人雷锋、汽车兵雷锋、班长雷锋，无论在做什么工作，雷锋干一行、爱一行、钻一行，在平凡的岗位上做出了不平凡的成绩。

1961年7月的一天，雷锋所在班的副班长周述明接到家里来信，说母亲突生重病急需钱治病。当时，士兵每月只有4元的津贴，周述明拿不出钱，一筹莫展，平时爱说爱笑的他一下子沉默起来。可没过多久，家里来信说："你寄来的钱收到了，母亲病见好，不要惦记家里。"周述明顿时一头雾水，追问再三，才得知是雷锋悄悄地以自己的名义给家里寄去10元钱。周述明事后回忆时仍然感动不已，他说："那时的10元钱可是我两个半月的津贴。"

事后，有人说雷锋是"傻子"——自己省吃俭用，对别人那么大方，不知道是怎么想的。雷锋乐呵呵地说："如果说这是'傻子'，我心甘情愿做这样的'傻子'，革命需要这样的'傻子'，建设也需要这样的'傻子'。我要做一个有利于人民、有利于国家的人。"

从帮助战友学文化、学技术到给不认识的群众买车票，从冒雨送老人回家到带病坚持抗洪抢险，从雨夜用棉被抢盖工地水泥到春节主动去候车室为旅客服务，雷锋把这些看作是最大的幸福和快乐。

如果你是一滴水，你是否滋润了一寸土地？雷锋用自己的行动回答了，如果我是一滴水，我就要滋润一寸土地！

**思考题**

每年的3月5日都是学雷锋日，你希望用什么方式去学习雷锋呢？

扫描二维码，收听优秀共产党员的故事

诵读人

**丹　松**

**丹　松**

辽宁广播电视台经典音乐广播副总监、节目主播，中广联合会有声阅读委员会副秘书长，全国朗诵艺术考级考官。录制大量纪录片、专题片及百余部长篇纪实作品。代表作：《沈阳"慕马"大案纪实》《死囚档案》《"四人帮"兴亡》《"913"事件真相》《中国反贪完全档案》《中国足球窝案》等。

# 申纪兰
## ——唯一连任十三届的全国人大代表

说起今天的主人公申纪兰，她是一个非常有故事的老党员。首先，她是全国唯一一位从第一届连任到第十三届的全国人大代表，她从20世纪50年代起就是全国劳动模范，是“改革先锋”称号获得者，还被授予“共和国勋章”。可以说，申纪兰用她勤劳的一生，在太行山上树立起一座永远的丰碑。

那么，申纪兰究竟为党和人民的事业作出了怎样的杰出贡献，获得“共和国勋章”这个国家最高荣誉？她一生获奖无数，为什么始终坚称自己只是个农民？又是什么力量支撑申纪兰把一生献给党、献给人民、献给她生活的那片土地？

时间回到1951年。这一年，山西省长治市平顺县西沟村成立初级农业生产合作社，只有21岁的申纪兰当选为副社长。此时，农村劳力紧缺，生产上不去，申纪兰便想方设法动员那些在家里的妇女们下田劳作，但是好多妇女都在家待半辈子了，不愿意出来。

面对这样的境况，申纪兰决定各个击破。首先，她瞄准了当时村里胆子最小的李二妞。申纪兰隔三岔五就往二妞家跑，她劝二妞：“咱农业社妇女都下地了，你也得去。”“你在家窝着，穿得破，吃得差，还常受气，到合作社劳动，给家里多分粮，增加了收入，家里人保险对你好。”终于有一天，二妞扛起农具下田了。慢慢地，村里其他的妇女也跟着申纪兰走上了田间地头。

妇女下田是第一步，如何让她们得到应有的尊重才是真正的难题。当时有妇女抱怨：“男女干一样的活儿，却同工不同酬，还不如在家纳鞋底儿呢。”这可不是信口胡说。一天，“撒粪”劳作过后，记分员给干同样活儿的男劳力都记了10分，却只给女劳力记了4分。记分员的说辞是：“男的就是比女的强，地里的哪项技术活儿不是男人干的？”

可倔强的申纪兰就不信这个理，到了下次耙地的时候，她非踩耙不可。一天的劳作下来，大家伙儿都称赞她耙的地又匀又平，她再去“理论”时，记分员不情愿地给她记了10分——这可是西沟村的女劳力第一次得了10分！

申纪兰趁热打铁，与村里的几个妇女积极分子一起向社里提出“男女应该同工同酬”的要求。面对这个要求，男人们也不干了，于是双方干脆来了场实地干活儿比赛：妇女能和男人一样放羊、耙地、站耙，丝毫不弱；妇女还能和男人一样下地间苗，动作灵巧，甚至超过了同村的男人。这下，男人们终于服气了，经过社务委员会认真的讨论，终于重新确定了“男女同工同酬”的分配办法。

很快，申纪兰争取“男女同工同酬”的事迹在百姓间传开。1953年1月，《人民日报》以《劳动就是解放，斗争才有地位》为题报道了西沟村妇女争取权益的事迹，在全国引起了轰动。申纪兰所在的西沟村以“中国最早实现同工同酬”被载入史册。“男女同工同酬”也逐渐在全国普及。

1954年9月，第一届全国人民代表大会在北京举行，1226名全国人大代表中有妇女代表147人。作为一名普通的农村妇女，申纪兰是她们其中的一员。在大会上，申纪兰提出的“男女同工同酬”倡议被写入了中华人民共和国第一部宪法，成为中国妇女发展史上的里程碑。

也正是从这一年开始，每一届的全国人民代表大会都有申纪兰的身影。就是这样当了一辈子人大代表的她，却坚持“不转户口、不定级别、不领工资、不要住房、不调工作关系、不脱离劳动”。申纪兰把自己的一生都扎根在农村，几十年如一日地带领西沟村人种树。她说：“我是农民代表，我要为农民代言，我要了解他们的要求愿望，反映他们的困难和心声。”

几十年来，她初心不变，奋斗不止，为当地脱贫和建设作出巨大贡献。2020年6月28日凌晨1时31分，申纪兰走了。“奋斗一生初心不改满目青山化丰碑，国家功勋纪兰精神一世英名贯长虹。”6月30日的遗体告别仪式上，吊唁大厅两侧的挽联道尽了申纪兰的一生。

**思考题**

申纪兰当了一辈子人大代表，获奖无数，却坚持『不转户口、不定级别、不领工资、不要住房、不调工作关系、不脱离劳动』；她把自己的一生都扎根在农村，几十年如一日地带领西沟村人种树。申纪兰说：『我是农民代表，我要为农民代言，我要了解他们的要求愿望，反映他们的困难和心声。』同学们，你怎么看待申纪兰的人生选择？

扫描二维码，
收听优秀共产
党员的故事

诵读人

**李 进**

## 李 进

曾任福建电视台、武汉电视台制片人、导演、策划。新闻编辑，海峡卫视对外联络部主任，策划部、综合节目部主任等职。所创作的音乐电视片、电视诗歌散文、纪录片、综艺节目、新闻专题等，多次获中广联合会奖项、福建新闻奖等。

# 龙梅和玉荣

## ——草原英雄小姐妹

1964年2月9日早晨，内蒙古达茂旗草原上空，飘散着几片云朵。11岁的吴龙衣（后来媒体报道中把她的名字误写为龙梅，我们讲述时也就把她称为龙梅了）和9岁的吴玉荣替代父亲出门放牧，放的是集体的384只羊。

当天上午天色还好，龙梅和玉荣赶着羊群出门。草原上入冬已经几个月了，家附近的牧草早已经被羊群吃光了。积雪把草埋住了，羊因为吃不上草，就往前跑。姐妹俩跟着羊群顺风走，渐渐地看不见家了。

中午时分，天气突变，低垂的云层洒下了鹅毛大雪，气温降至零下37摄氏度，怒吼着的西北风卷起大雪漫天狂舞。暴风雪来了！草原上的暴风雪又被称作“白毛风”。在这样的天气里迷失方向的话，非常容易被冻死或冻伤致残。

放牧的羊群开始顺风狂奔。龙梅和玉荣急忙拢住羊群，往回赶。龙梅想让妹妹回家把阿爸叫来，小玉荣没跑多远就栽倒在地。玉荣回头一看，姐姐一个人在暴风雪中，左手拿着羊鞭，右手甩着脱下来的皮袄左右拦挡，没有自己这个帮手，羊群越发乱了。顾不得再去叫阿爸，玉荣立即返回来帮姐姐一起干。龙梅和玉荣也不知道跑了多长时间，总算把散乱的羊群聚拢在一起。

到了晚上，暴风雪更加疯狂，羊群在风雪的呼啸中朝东南方狂奔着。姐妹俩心想：只要跟着羊群跑，羊就丢不了。龙梅和玉荣一边紧紧追赶羊群，一边相互高喊着对方的名字。她们同暴风雪搏斗了一天一夜，走出了70多里。

第二天早晨，风雪终于渐缓。玉荣忽然一个跟头栽倒在雪地上，龙梅突然说：“妹妹，你的靴子呢？”冻得已经有些麻木的玉荣一愣，看了一眼自己的双脚，说：“那不是在脚上穿着吗？”龙梅仔细一看，脚上穿的哪是靴子，分明是裹着个冰坨子。原来玉荣只顾跟着羊走，靴子早就不见了踪影。

这时的玉荣脸色青紫，神志已经恍惚。龙梅使劲儿晃着妹妹，不让她昏过去，然后顺着脚印往回跑了几百米，找回了一只毡靴。可是玉荣的脚已经肿得老高，根本穿不进去。龙梅想脱下自己的毡靴给妹妹，却发现靴子里灌进了雪，跟脚冻在一起，脱不下来了。

羊慢慢往前走，龙梅想背着玉荣走，玉荣不同意。于是，龙梅找了个山沟把玉荣安顿好，把自己的大衣也脱下来给玉荣就走了。羊群要过鄂博车站的铁道了，在这里，她遇到了救命恩人哈斯朝禄和他的儿子那仁满都拉。

随后，已经冻僵的两姐妹被简单救治后，紧急送往了白云鄂博铁矿医院。看到几乎成了冰雕雪塑的龙梅、玉荣，急救室里的医生差点儿掉下泪来。经过抢救，龙梅、玉荣姐妹挣脱了死神的怀抱。不久，这对小姐妹被转送到内蒙古医院、北京积水潭医院住院治疗。但由于冻伤严重，龙梅失去了左脚拇指；玉荣右腿膝关节以下和左腿踝关节以下做了截肢手术，造成终身残疾。

而她们放牧的384只羊，仅有3只被冻死，其余安然无恙。

**思考题**

有人问两姐妹：『你们为什么不把羊群丢下呢？难道羊的生命比人重要？』龙梅说：『这件事情放在当时的社会背景下，任何人遇上了都会这样做。人不能只为自己活着，要多想想他人，多想想集体！』你怎么看姐妹俩的做法呢？

扫描二维码，收听优秀共产党员的故事

诵读人

**杨利生**

**杨利生**

内蒙古广播电视台评书曲艺广播总监助理，内蒙古曲协副主席。曾创作、演播百余部文艺曲艺作品。

# 朱彦夫——永远的战士

朱彦夫，1933年出生，14岁就参军入伍，参加过淮海战役、渡江战役等上百次战斗，18岁在抗美援朝战场失去了四肢和左眼。从军期间他10次负伤、3次立功。这样一位勇敢的战士，身残志坚，把改变家乡贫穷面貌、帮助乡亲致富当成自己新的战场。1956年，朱彦夫主动放弃荣军休养所特护待遇回乡，随后担任起张家泉村党支部书记。

1957年的张家泉村，老老少少识字的没几个。朱彦夫意识到要改变村里贫穷落后的面貌，必须提高村民的文化素质。朱彦夫决定在村里建个图书室，但是，当时的条件异常艰苦，他拿出微薄的抚恤金，置办图书，创办图书室。随后他又办起了山村里的第一所夜校，教群众识字。朱彦夫亲自担任教员，每天拄着双拐，拖着17斤重的假肢，天天晚上到夜校上课。为了在黑板上写字，他在粉笔上套上弹壳，用两只残臂夹着写字，弹壳扎进残臂钻心的疼。

他的心血没有白费，2年多的时间，100多名学生从夜校走出，成为张家泉村建设的中坚力量。此后各生产队、大队的历任会计，都是夜校的“毕业学员”。

要脱贫，还得先改地。张家泉村边的河沟把农田分得七零八落。尤其是最大的赶牛沟，常年洪水冲刷，沟里乱石如阵，寸草难生。朱彦夫作出一个大胆的决定——棚沟造地，用石头把沟棚起来，上面填土，让农田连成片；下边淌水，洪水来了也冲不了地。当时村里很多人都觉着这个办法太难，朱彦夫说：“不干，沟还会一年年荒下去；整起来，就是咱村的粮囤子。讲困难，我这个残废都不怕，你们还怕啥？”一番话，说得人人面露愧色。士气鼓起来，张家泉人开进了赶牛沟。镢刨锹挖，筐抬车推，一个冬春下来，搬了2万多方土石，建成了1500多米长的暗渠。荒废了的赶牛沟，变成了40多亩平展展的良田，当年粮食增产5万多斤。舍地沟、腊条沟也变成了70多亩良田，到现在村民们仍在受益。

朱彦夫拖着残疾的身体，东奔西跑帮着村里解决饮水、用电问题。村里谁家有困难，他也会想方设法帮乡亲渡过难关。村民褚秀才兄弟5个，家里人多地少，经常吃了上顿没有下顿。1971年，家里实在是吃不上饭了，四弟饿得干瘦如柴。朱彦夫了解到情况后，回到家立即让妻子送去五六十斤地瓜干，成了褚秀才一家人的救命粮。

朱彦夫当了25年村党支部书记，带领群众治山治水，使群众过上了温饱殷实的好日子。他以超常毅力，历时7年，创作完成两部自传体长篇小说《极限人生》和《男儿无悔》，被誉为中国当代“保尔·柯察金”。

**思考题**

结合你读过的奥斯特洛夫斯基的作品《钢铁是怎样炼成的》，谈谈对身残志坚、顽强奋斗的朱彦夫的理解。

扫描二维码，
收听优秀共产
党员的故事

诵读人
**张晓东**

**张晓东**

山东省广播电视局首席播音员、首届山东广播电视“双十佳”播音员和节目主持人，中国播音主持金话筒奖广播播音员主持人提名奖、中国广播奖一等奖、中国广播影视大奖一等奖获得者。负责并主持的《现代乡村》栏目获2009-2010中国广播电视大奖广播栏目大奖。2010年被授予“全国科普工作先进工作者”荣誉称号。

# 邓稼先

## ——大音希声的『两弹元勋』

“苟利国家生死以，岂因祸福避趋之。”生活中总有那么一些人，他们不计个人得失，不计个人安危，将生命托付于国家，将毕生心血献于国家，以匹夫之责心怀国家。“两弹一星元勋”、著名核物理学家邓稼先就是这样的一个人。

那么，邓稼先是如何领导原子弹的理论设计？28年里，他走过了一条怎样的不为人知的道路？要解开这些疑问，还需要从邓稼先的小时候讲起。

1924年，邓稼先出生在安徽怀宁县一个书香门第之家。父亲邓以蛰是我国著名的美学家和美术史家，曾担任清华大学、北京大学等学校的哲学系教授。5岁入小学的邓稼先，在父亲的指点下打下了很好的中西文化基础。1935年，邓稼先考入崇德中学，在读书求学期间深受爱国救亡运动的影响。1941年，在抗日救亡的呼喊声中成长起来的邓稼先，高唱着“千秋耻，终当雪，中兴业，须人杰”的西南联大校歌走上科学之路。

1947年，邓稼先通过了赴美研究生的考试，在第二年秋天进入美国普渡大学留学。由于他学习成绩突出，不足两年便读满学分，并通过博士论文答辩。这时的邓稼先只有26岁。但让人没有想到的是，这位刚刚取得学位的“娃娃博士”毅然放弃了美国优越的生活和工作条件，回到了祖国。

1950年10月，回到祖国的邓稼先很快被安排在中国科学院近代物理研究所工作，一直到1958年的8月，钱三强交给他任务的那一天。

一天，二机部副部长钱三强找到邓稼先，说国家要放一个“大炮仗”，征询他是否愿意参加这项必须严格保密的工作。这个“大炮仗”，指的就是原子弹。令钱三强意外的是，第二天，邓稼先就以高涨的热情和百倍的信心到二机部报到了。也就是从此时开始，邓稼先消失在亲戚朋友的视线里，开始了长达28年的隐姓埋名，甚至连他的妻子，都不知道他在哪里工作，每天都在做什么。

面对这份责任重大、使命光荣的工作，邓稼先除了辛苦和操劳，还要面临身体健康，甚至是生命安全的威胁。因为邓稼先经常接触放射性物质，受到辐射的严重损伤。

一心扑在“大炮仗”上的邓稼先，心血没有白费。1964年10月16日下午，在新疆罗布泊的试验基地上，一声巨大的轰鸣后，我国终于成功爆炸了第一颗原子弹！不久，邓稼先又和他的亲密战友于敏投入到氢弹的研制当中，他们联手提出“邓—于方案”，仅用了2年8个月的时间，他们又成功研制出了氢弹。

1984年底，邓稼先指挥了我国第二代新式核武器试验并获得成功，这是他一生中最后一次组织指挥并获得成功的核试验。在1986年之前我国进行的32次核试验中，邓稼先亲自在现场主持的就有15次。

1986年7月29日，邓稼先与世长辞。他的好友杨振宁先生在《邓稼先》一文最后一段——《永恒的骄傲》中如此写道：“如果稼先再次选择他的人生的话，他仍会走他已走过的道路。这是他的性格与品质。能这样估价自己一生的人不多，我们应为稼先庆幸！”

**思考题**

同学们，如果有一份工作需要你隐姓埋名、默默无闻，你会作何选择呢？

扫描二维码，收听优秀共产党员的故事

诵读人

**雅　坤**

**雅　坤**

本名佟雅坤。中央广播电视总台播音员、主持人，播音指导，中国广播电视学会主持人节目研究委员会副会长，享受政府特殊津贴。荣获中广联合会有声阅读委员会“70年70人·杰出演播艺术家”荣誉称号。

# 钱学森

## ——一个人抵得上5个师的科学家

1955年9月17日，钱学森离开美国洛杉矶那天，当地的《帕萨迪纳晨报》上印着特大字号的通栏标题——《火箭专家钱学森今天返回红色中国》。加州理工学院院长杜布里奇说了一句意味深长的话："钱学森回国绝不是去种苹果树的。"

钱学森这时已经在美国留学工作多年，他师从世界著名空气动力学教授冯·卡门，先后获得航空工程硕士学位和航空、数学博士学位。在美国从事空气动力学、固体力学和火箭、导弹等领域研究，并与导师共同完成高速空气动力学问题研究课题和建立"卡门—钱近似"公式，在28岁时，钱学森就成为世界知名的空气动力学家。

尽管在美国有着优厚的工作和生活待遇，钱学森却始终关心着祖国的发展。1950年，钱学森准备回国，但当时负责喷气工程项目的美国海军次长金贝尔建议阻挠钱学森回国，他说："钱学森抵得上5个师的兵力，他掌握着火箭武器的重大机密。"

准备带回国的木箱被扣留，钱学森也被拘留在太平洋的特米罗小岛上，那里警卫森严，四面高墙上都布满了通电的铁丝网，每个房间都由持枪的哨兵日夜轮流看守。保释后的钱学森虽然可以重新回到加州理工学院的校园，但生活却发生了重大转变。

1951年4月，美国司法部宣布钱学森有共产党嫌疑，对美国的国家安全造成威胁，应予以驱逐出境。但美国军方又不允许钱学森离开美国，反而加紧了对他的监视。

在很短的时间里，钱学森搬了四次家，因为他每天都会接到陌生人的电话，有时上街也有人监视，平时的邮件也被人打开，甚至有陌生人擅自闯入家中。长达五年的软禁，对钱学森来说，每一天都是屈辱的累积。

五年之后，钱学森终于冲破种种阻力回到祖国。他仍然带着那几个曾被美方扣留的木箱，事后证明，他们在里面没有发现任何涉及机密的材料。

回国后不久，钱学森就全面投入到中国的火箭和导弹研制的工作中。钱学森回中国，当然不是“去种苹果树的”，他种下的是一颗颗令中国人民扬眉吐气、让中华民族巍然屹立的“争气弹”。

国外评论家指出，“由于钱学森的归来，使红色中国的‘两弹一星’提前了20年。”其实，钱学森回国的意义何止于此。毛泽东同志说：“他比5个师的力量大得多。”

钱学森有句知名的话：“我作为一名中国的科技工作者，活着的目的就是要为人民服务。如果人民最后对我一生所做的工作表示满意的话，那才是对我最高的奖赏。”

**思考题**

20世纪50年代，陈赓大将曾问钱学森：『中国人能不能搞导弹？』钱学森说：『外国人能干的，中国人为什么不能干？』如今，读到这段对话，你有什么感想？

扫描二维码，收听优秀共产党员的故事

诵读人

**王　波**

## 王　波

国家一级导演，全国受听众喜爱的十大小说演播艺术家，70年70人·杰出演播艺术家，首届中国广播剧导演成就奖获得者，中广联合会有声阅读委员会、广播剧研究会专家组成员。黑龙江省优秀中青年专家、“德艺双馨”文艺家、“六个一批”专家人才，首批黑龙江省专家委员会成员。中国传媒大学南广学院播音主持艺术学院副院长、教授，哈尔滨师范大学硕士研究生导师，浙江传媒学院客座教授。

# 程开甲

## ——中国核司令

1918年8月3日，程开甲在江苏吴江呱呱坠地。13岁那年，他考入浙江嘉兴秀州中学，后又考入浙江大学物理系学习。在那里他幸运地遇上了学界第一流的老师，对他影响最大的老师有束星北、王淦昌、陈建功、苏步青等。

程开甲读书十分刻苦，经常在昏暗的桐油灯下看书。一位同学跟他打赌：如果他整夜读书不睡觉，就给他出灯油钱。程开甲毫不含糊地读了三天三夜，于是同学们都戏称他为“程BOOK（书）”。

1946年8月，程开甲远渡重洋，成为英国爱丁堡大学数学物理系玻恩教授的研究生。玻恩虽然常带他去参加各种国际学术会议，鼓励他去结识许多物理学家和科学巨匠，和他们探讨问题，确立研究领域，但在异域他乡，身为中国人的程开甲备受歧视。

毕业时，玻恩十分希望他能留下，并劝他把夫人、孩子都接到英国来。而程开甲却作出了自己的人生选择。一天晚上，他去看电影，故事片前放了一个短新闻片，那艘在长江上的英国军舰“紫石英号”不顾人民解放军的警告，公然挑衅，被解放军炮火击中，被迫升起白旗，解放军才停止炮击。

回家去！回到中国去！程开甲下定了决心。

回国的行囊中，除了给夫人买的一件皮大衣外，全是固体物理、金属物理方面的书籍和资料。1950年8月，程开甲踏上了祖国的土地。

1952年，程开甲向组织递交了入党申请书，1956年正式加入中国共产党。程开甲在入党申请书上写道：“一辈子跟着党，个人一切交给党。”

1960年3月，由钱三强“点将”，经邓小平批准，程开甲被任命为核武器研究所的技术副所长。从此，“程开甲”这个名字走入国家的绝密档案。

自此，已在学术研究上建树颇丰的程开甲销声匿迹几十年。

西北核试验基地初建时，生活条件极其艰苦，喝苦水，战寒风，打野兔。不仅粮食吃不饱，戈壁滩上水也珍贵，早晨的洗脸水留着下班洗手、晚上洗脚，澄清了再洗衣服。有时水紧张，几天都不洗脸。

为了中国的原子弹，程开甲的时间表上没有节假日，一搞起科研来，经常通宵达旦，忘了吃饭睡觉是经常的事。

也就是在他“消失”的那些年里，他参与主持决策了包括我国第一颗原子弹、氢弹、两弹结合，以及地面、首次空投、首次地下平洞、首次竖井试验等多种试验方式的30多次核试验。

每次核试验任务，程开甲都会到最艰苦、最危险的一线去检查指导技术工作，多次进入地下核试验爆后现场，爬进测试廊道、测试间，甚至最危险的爆心。

1964年10月16日15时，在惊天动地的巨响中，百米高塔上腾起了蘑菇云，中国第一颗原子弹爆炸成功。

当时的美国总统约翰逊正在休假，得知中国原子弹爆炸成功了，一下子从椅子上弹起来，立即取消休假，返回白宫。

从1963年第一次踏入“死亡之海”罗布泊，到回北京定居，他把一生中最好的20多年时光献给了茫茫戈壁。

2018年11月17日，程开甲因病在北京逝世。

2019年“感动中国十大人物”颁奖词这样描述这位老共产党员的功勋一生：

空投、平洞、竖井，朔风、野地、黄沙，戈壁寒暑成大器，于无声处起惊雷！一片赤诚、一生奉献，一切都和祖国紧紧相连。黄沙百战穿金甲，甲光向日金鳞开！

**思考题**

同学们，程开甲爷爷说：『我这辈子最大的幸福，就是自己所做的一切，都和祖国紧紧地联系在一起。』他放弃了舒适的家庭生活，在荒漠戈壁中奋斗了几十年，他却说自己很幸福，对此你如何理解？

扫描二维码，收听优秀共产党员的故事

诵读人

**吴俊全**

**吴俊全**

毕业于解放军艺术学院，共产党员，八一电影制片厂导演，解说员，配音演员，主要作品：八一厂战争巨片《大决战》《大转折》《大进军》配音导演。《98抗洪》《两弹一星》《国庆阅兵》《神五飞船》《驻港、澳部队》《中国将帅》《中国军队》《八路军》《新四军》等大型专题片解说。在《三国演义》《成吉思汗》《八路军》等电视剧中担任旁白。为诸多中外影视剧主要角色，尤其是毛泽东、陈毅、周恩来、邓小平等老一辈无产阶级革命家配音。

# 孙家栋

## ——中国航天的『大总师』

提起“两弹一星”功勋科学家孙家栋，有无数个“中国第一”跟他的名字紧紧联系在一起：中国第一颗导弹、第一颗人造卫星、第一颗科学实验卫星、第一颗返回式遥感卫星、第一颗通信卫星、第一颗资源探测卫星、第一颗北斗导航卫星、第一颗探月卫星……

他被称为中国航天的“大总师”，翻开他的人生履历，就如同阅读一部新中国航天事业的发展史……

孙家栋，1929年出生。1951年9月，22岁的孙家栋被派往苏联茹柯夫斯基空军工程学院学习飞机制造。

1957年，孙家栋在莫斯科大学的礼堂亲耳聆听了毛泽东主席那番著名的讲话：“世界是你们的，也是我们的，但是归根结底是你们的。你们青年人朝气蓬勃，正在兴旺时期，好像早上八九点钟的太阳，希望寄托在你们身上。”这令青年孙家栋热血沸腾，他说：“那时候就下了决心，国家需要你干什么事情，就去干。”

1958年4月，孙家栋带着代表着优异毕业成绩的斯大林奖章从苏联留学归来。归国后不久，孙家栋没有去制造飞机，而是完成了人生的第一个转型——进入国防部第五研究院一分院导弹总体设计部。

1962年3月21日，我国首次独立自行研制的弹道导弹“东风二号”在酒泉卫星发射场发射升空。没想到起飞后导弹很快失控，最后坠毁。

为了找出失败的原因，在冰天雪地的沙漠里，几百人弯着腰一寸寸摸索，寻找导弹的碎片。有人忍不住一边捡一边抹眼泪。一连几天，孙家栋和同事们把那片沙子扒去了一层，硬是找齐了所有碎片，重新拼成了导弹。终于，他们找到了失败的根源。最后发现就是一根导线断了。由此，孙家栋深刻认识到：“质量就是生命，质量就是航天的一切。”

1967年，钱学森亲自点将，让38岁的孙家栋担任“东方红一号”的技术总负责人，搞了9年导弹研究的他“转向”了中国的卫星事业。

1970年4月24日，我国第一颗人造地球卫星“东方红一号”发射成功，我国成为世界上第五个能够发射人造卫星的国家。孙家栋直言，“东方红一号”发射成功，最大的感受是“扬眉吐气”。

曾经有人问孙家栋：“航天精神里哪一条最重要？”

“热爱。”他不假思索地说，“如果你不热爱，就谈不上奋斗、奉献、严谨、协作、负责、创新……”

2004年，当国家启动嫦娥一号探月工程时，已经75岁的孙家栋毅然接下了首任探月工程总设计师的重担。

大多数人在这样的高龄都选择功成身退，他却甘冒风险，再次在祖国需要的时候挺身而出。在嫦娥一号顺利完成环绕月球的那一刻，航天飞行指挥控制中心里，大家全部从座位上站起来，欢呼雀跃、拥抱握手。而孙家栋却走到了一个僻静的角落，悄悄地背过身子，掏出手绢拭去眼角的泪花。

从热血青年，到耄耋老者，孙家栋几十年来，将全部心血倾注于中国航天事业，参与创造了中国航天史上多个第一的辉煌。

在几次面临人生的关键选择时，孙家栋总是说：“国家需要，我就去做。”简单的八个字，尽显一位共产党员的担当与赤诚，感人至深。

**思考题**

同学们，在嫦娥一号成功完成环绕月球飞行的时刻，举国欢腾，孙家栋院士却流下了泪水，请尝试回答他流泪的原因。

扫描二维码，收听优秀共产党员的故事

诵读人

**郭兆龙**

## 郭兆龙

北京广播电视台新闻广播《北京新闻》栏目播音员。解说作品曾获中国新闻奖、中国广播影视大奖提名等。北京城市广播——副中心之声、京津冀之声台标声。

# 于敏

## ——一个曾经绝密28年的名字

于敏是我国著名的核物理学家。他生于1926年8月16日，1949年毕业于北京大学物理系。他填补了我国原子核理论的空白，对我国科技自主创新能力的提升和国防实力的增强作出了开创性贡献，被称为“中国氢弹之父”。

其实，于敏自己也没想到这辈子会与氢弹结缘，然而，一次与时任二机部副部长、原子能研究所所长钱三强的谈话，让他的人生发生了重大转变。

1961年1月的一天，雪花飘舞，于敏应邀来到钱三强的办公室。一见到于敏，钱三强就直言不讳地说：“经所里研究，报请上级批准，决定让你参加热核武器原理的预先研究，你看怎样？”

从钱三强坚毅的眼神中，于敏立刻明白，国家正在全力研制第一颗原子弹，氢弹理论的预先研究也要尽快进行。

于敏没有犹豫，“我们国家没有自己的核力量，就不能真正地独立。面对这样庞大又严肃的题目，我不能有另一种选择。”于敏这样想。

这个决定，改变了于敏的一生，自此开始了隐姓埋名的生活，把自己的一切奉献给了我国的核武器科技事业。

氢弹理论的探究是一个全新的领域，当时被核大国列为涉及国家安全的最高机密。因此，要在短期内实现氢弹研制理论上的突破，绝不是一件轻而易举的事。

为了尽快研制出我国自己的氢弹，于敏和同事们知难而进、昼夜奋战。然而，有好长一段时间，他们始终找不到氢弹原理的突破口。

重大转折点发生在那一年秋天，于敏带领一批年轻人前往外地用计算机进行优化计算。在“百日会战”里，他和同事们找到了突破氢弹的技术途径，形成了从原理、材料到构型完整的氢弹物理设计方案。但是原理还需经过核试验的检验。

试验场远在西北大漠，生活条件相当艰苦，吃的是夹杂沙子的馒头，喝的是苦碱水；茫茫戈壁上飞沙走石，大风如刀削一般，冬天气温达零下30℃，道路冻得像搓衣板……而于敏都甘之若饴。

1966年12月28日，氢弹原理试验取得圆满成功。1967年6月17日，我国又成功进行全威力氢弹的空投爆炸试验。在爆炸指挥现场，于敏凝望着半空中腾起的蘑菇云，一言不发，直至听到测试队报来的测试结果时，才脱口而出：“与理论预估的结果完全一样！”

试验结束，于敏回去倒头就睡，睡得很踏实。

从突破原子弹到突破氢弹，美国用时7年3个月，苏联为6年3个月，英国为4年7个月，法国为8年6个月，而我国仅用了2年8个月。在核试验这条道路上，美国进行了1000余次，而我国只进行了45次。更让世界为之震惊的是，“于敏构型”设计的氢弹更适合实战，中国氢弹诞生之初就已经接近甚至完成了小型化的应用。

对于敏来说，工作几乎就是他生命的全部。长期在艰苦环境里忘我地工作，他的身体变得越来越虚弱，曾多次与死神擦肩而过。

在1988年被媒体报道以前，很少有人知道于敏是谁，更少有人了解他在做什么，连他的妻子孙玉芹都说：“没想到老于搞这么高级的秘密工作。”

2019年1月16日，于敏溘然长逝。同年9月，他获得了国家最高荣誉——“共和国勋章”。

“一个人的名字，早晚是要没有的。能把自己微薄的力量融进祖国的强盛之中，便足以自慰了。”这是于敏生前的一次自白。今天，当我们再次提起这个名字时，他已经成为一座永远矗立的丰碑。

**思考题**

同学们，于敏爷爷隐姓埋名数十年，而国家和人民却永远记住了他的名字，请思考其中的原因。

扫描二维码，收听优秀共产党员的故事

诵读人

**刘 佳**

## 刘 佳

北京广播电视台新闻广播《北京新闻》主播，北京电台融媒体节目特约主持人，参与过话剧表演、话剧经典剧目情景朗读等，目前还主持《主播的朋友圈》等栏目。

# 吴大观

## ——中国航空发动机之父

吴大观，1916年出生于江苏省江都县（今江都区）头桥乡。1937年，他进入国立长沙临时大学（即后来的国立西南联合大学）机械系学习。在机械系就读时，23岁的吴大观迷上了各种昆虫的翅膀，他用一个漂亮的日记本把收集到的蝴蝶翅膀夹在里面，还编上了号。与此同时，日军的轰炸机正在昆明上空盘旋，并投下一串串罪恶的炸弹。一个强烈的愿望——“航空救国”——就这样在吴大观心中爆发了。他要转系，要学航空，他抱着贴满昆虫翅膀的日记本找到航空系主任。他的中国航空发动机之梦，从此启航。

1944年，吴大观被选送到美国深造。毕业后，吴大观拒绝了美国企业高薪聘任，于1947年3月毅然回国，走上了创建与发展祖国航空发动机事业的道路。1949年11月，他任新中国重工业部航空筹备组组长，参与了新中国航空工业的筹建，是我国航空发动机事业的奠基人和创始人。他的奋斗历程，与新中国航空发动机事业的许多个“第一”紧密相连：组建了新中国第一个航空发动机设计机构，领导研制了我国第一个喷气发动机型号，创建了我国航空史上第一个发动机试验基地，主持制订了航空发动机研制第一套有效的规章制度，建立了新中国第一支航空动力设计研制队伍，主持编制了我国第一部航空发动机研制通用规范，被誉为“中国航空发动机之父”。

20世纪50年代，沈阳东郊一片野兔出没的荒野上，进驻了一支神秘的队伍，新中国第一个喷气发动机研制机构在此诞生。担负技术总负责的吴大观，是这支队伍中唯一见过喷气发动机的人。新中国飞机发动机的研制，艰难起步了。吴大观办公室的灯光，设计室的灯光，资料室的灯光，从黎明到深夜；学俄文出身的年轻人要从ABC开始向英文进军，唯一的老师是吴大观和两张唱片；6架部队送来的U2飞机残骸成了最宝贵的研究“标本”；一部手摇计算机噼噼啪啪成千次成万次成几十万次地计算着一组组不能差之丝毫的数据；一把烟袋杆长的计算尺，丈量着以吨计算的设计图纸。

1958年，中国第一型喷气式发动机——喷发-1A发动机试制成功，把歼教-1飞机送上蓝天，飞到了北京。此后，红旗2号喷气式发动机等陆续试制成功。

1977年底，已经年过六旬的吴大观从沈阳606所调到西安430厂。他说：“我62岁要当26岁来用。”他把自己当成一台发动机，高负荷、高效率运转。

1982年，吴大观调到航空工业部科学技术委员会任常委。他总结了几十年的工作心得，尽心竭力为航空发动机事业思考、谋划。在决定“太行”发动机（也叫“涡扇10系列”发动机）前途命运的关键时刻，吴大观大声疾呼：“我们一定要走出一条中国自主研制航空发动机的道路，否则，战机就会永远没有中国心！”18年后，“太行”终于研制成功，实现了我国从第二代发动机到第三代发动机的历史性跨越。

进入晚年的吴大观视力很差，路都看不清楚，就由老伴打着手电筒，每天早晨7点前把他送到办公室，晚上再由秘书把他送回家。后来，老伴走不动了，就由家里的保姆继续送他出门。

在生命最后的日子里，他在病床上叮嘱家人拿出10万元积蓄交纳最后一次党费。一生中，他交纳特殊党费及救灾捐款共计30.4万元，占到他工资总收入的三分之一。而他的物质生活却极其简朴，衣柜里最好的一件衣服，是有4个口袋穿了40多年的涤卡中山装，他把它称为“常委”。

吴大观对航空发动机事业的卓越贡献，以及他对党、对祖国的无比热爱和忠诚，为后来者树立了一座不朽的精神丰碑。

**思考题**

同学们，1938年，吴大观在流亡途中，用表哥资助的钱看了电影《悲惨世界》，其中有一句台词，影响了他一生：『人生是施与不是索取。』请你思考他是如何践行的。

扫描二维码，收听优秀共产党员的故事

诵读人

**张　强**

**张　强**

贵州广播电视台故事广播节目部主任，擅长录制小说、纪录片等有声作品，曾改编演绎《诡念》《鬼吹灯》等多部畅销小说，录制纪录片《帝王陵墓之谜》《探秘西夏文化》（获国家金鹿奖二等奖）等，同时也擅长体育运动赛事解说。

# 黄旭华

## ——隐身30年的中国核潜艇先驱

黄旭华是我国核潜艇事业的开拓者、奠基者，1926年3月12日出生于广东汕尾市红海湾区田墘镇的一个乡医之家。1938年，他和大哥前往广东揭西山区的聿怀中学求学。1944年，黄旭华几经辗转到了重庆，进入国民政府为流亡学生开办的大学特设先修班，后被保送到中央大学航空系，接着又以第一名的成绩考上国立交通大学（今上海交通大学）。毕业后，黄旭华一直投身于船舶建造、核潜艇研究等工作。

20世纪50年代，中国人刚从战火纷飞的硝烟中站起来，坚信“落后就要挨打”的新中国领导人说出了一句惊世名言：“核潜艇，一万年也要搞出来！”

不到一个月，黄旭华和一批来自北京、上海、大连等地的技术人员毅然抛弃优越的城市生活，汇集到了那个寄托着他们理想的荒凉半岛。

在这个领域，当时我国没有一个从国外回来的人才，都是“土包子”。同时，他们对于这方面的知识也非常匮乏。黄旭华后来回忆说：“核潜艇的知识我们一无所知。没有人见过，学校也没有这个课程。”另外，在国外严密的技术封锁之下，研制人员手上也没有任何有关核潜艇的技术参考资料，更没有外国专家可以指点迷津，一切都要从零开始。

当时，研制人员先从调查研究入手，发动所有相关人员从报章杂志里找材料，再经过研究、整合，形成一个大概的印象。然而，找得到的资料不是零七八碎，就是真假难辨。

当时，正好有两个人，一个从美国、一个从中国香港，带回两个美国“华盛顿号”导弹核潜艇的儿童玩具模型。玩具很仿真，板子可以掀开，掀开后里面布满密密麻麻的设备。大家高兴极了，把这两个模型反复拆装，后来发现这两个模型的具体情况跟收集来的资料汇成的美国核潜艇总体一样。这样，大家就有了信心。

1970年12月26日，我国自主研制的第一艘核潜艇成功下水，中国成为世界上第五个拥有核潜艇的国家。

1974年8月1日，我国第一艘核潜艇被命名为“长征一号”，正式编入海军战斗序列。

因为保密的需要，黄旭华隐姓埋名、以身许国三十载。30年里，父母以及8个兄弟姐妹，都不知道他在干什么。父亲临终前他也未能见上最后一面。

面对家人的误解，黄旭华泪流满面，却从未动摇，他说：“我对国家的忠，就是对父母最大的孝！”

几十年来，他的妻子李世英扛起了家庭的一切重负，默默地给予了黄旭华最大的支持。黄旭华常感歉意，总是尽己所能去弥补。每次出差回家，黄旭华总会想着给妻子买点儿东西，不知买什么好，就跟着别人学。有一次见别人买了块印花布，也跟着买了一块，回家一看，发现妻子早就有一件这种布料的衣服了。李世英开玩笑地说：“你可以背得出你工程上的那些数据，就记不得我在你面前穿了几年的印花布衣服。”

就这样，黄旭华倾尽全部心力，毕生致力于我国核潜艇事业的开拓与发展，为我国海基核力量实现从无到有的历史性跨越作出了卓越的贡献。

“干惊天动地事，做隐姓埋名人”，真正成为黄旭华一生的写照。

**思考题**

同学们，黄旭华爷爷背得出工程数据，却不记得自己妻子穿了几年的一件衣服的花色，这是为什么呢？

扫描二维码，收听优秀共产党员的故事

诵读人

**杨　文**

**杨　文**

深圳市朗诵艺术家协会会员，夏青杯朗诵大赛深圳区评委，深圳广电集团音乐频率（飞扬971）副总监，节目主持人，曾获全国精神文明建设“‘五个一工程’奖”、广东省新闻奖等、“深圳读书月”《经典诗文朗诵会》撰稿、导演。

# 茅以升

## ——人生之桥 名为奋斗

茅以升，1896年出生。他从小好学上进，善于独立思考。10岁时，家乡过端午节，按照习俗要举行龙舟比赛。当时，很多乡亲们拥在桥上观赛，桥面不堪重负，造成了塌桥事故，死伤惨重。这令少年茅以升深受触动，他暗下决心：长大后一定要造出最结实的桥。

1916年，茅以升以第一名的成绩被清华学堂官费保送至美国康奈尔大学。1917年，茅以升获得康奈尔大学研究院专业硕士学位，1919年获得加利基理工学院工学博士学位。

1920年，茅以升回国，在天津北洋大学（今天津大学）执教，并于1933年3月开始，主持建造钱塘江大桥。

当时，在中国的大川大河上，横跨水面的桥梁，基本上是外国人主持修建的，而这一次，茅以升决心实现中国人自己造大桥的梦想。

钱塘江地理环境复杂，造桥难度巨大。当地流传着这样一句歇后语：钱塘江造桥——办不到。钱塘江波浪滔天，每月都有大潮水。遇到狂风、暴雨、大潮“三碰头”时，江面狂风席卷，巨浪滔天，极为凶险。

大桥开工以后，困难接踵而至：江底淤泥又滑又厚，木桩一打就裂；水流湍急，600吨重的沉箱一入水，就如脱缰野马般难以驾驭；再加上那时正值战争期间，日军的飞机时常侵扰……面对重重险阻，茅以升说：“钱塘江大桥的成败，不是我一个人的事，而是能不能为中华民族争气的大事！”

经过5年的艰苦努力，由中国人自行设计和建造的第一座双层铁路、公路两用桥终于落成。1937年9月26日清晨4时，一列火车从大桥上隆隆驶过，两岸欢声鼎沸。钱塘江大桥的建成，极大地鼓舞了民族自信心，并打破了外国桥梁专家“中国人无法在钱塘江上建桥”的断言。

然而，战火纷飞的年代，中华大地已经安放不下一座伟岸的桥梁。仅仅在钱塘江大桥落成3个月以后，1937年12月23日，为阻断侵华日军南下，茅以升接到了炸毁大桥的命令。凝聚着他无数心血的大桥被实施爆破，只留下了桥墩。茅以升心如刀绞，但同时，他也暗下决心，一定要重建钱塘江大桥。抗战胜利后，茅以升带着精心保护的14箱资料回到杭州，克服重重困难，终于将钱塘江大桥修复完成。

20世纪50年代，茅以升又主持建造了武汉长江大桥。在武汉建第一座长江大桥的设想最早由湖广总督张之洞提出，用以沟通南北铁路。此后，数次规划，皆未能实现。新中国成立不久，李文骥、茅以升等一些科学家就向中央人民政府提议建设武汉长江大桥。中央政府对此非常重视，1950年1月，铁道部（现改为国家铁路局）成立铁道桥梁委员会，由茅以升任专家组组长。1955年9月，大桥正式开工。1956年6月，毛泽东从长沙到武汉，第一次游泳横渡长江，当时武汉长江大桥已初见轮廓，毛泽东即兴写下《水调歌头·游泳》一词，其中广为传诵的一句“一桥飞架南北，天堑变通途”，正是描写武汉长江大桥的气势和重要作用的。1957年10月15日，武汉长江大桥举行落成典礼。大桥将京汉铁路和粤汉铁路衔接起来，成为我国贯穿南北的交通大动脉，并把武汉三镇连成一体，确保了我国南北地区铁路和公路网连成一体。

茅以升一生学桥、造桥、研究桥。到了晚年，回顾一生，茅以升说：“人生之路崎岖多于平坦，忽似深谷，忽似洪涛，好在有桥梁可以渡过，桥梁的名字叫什么呢？叫‘奋斗’！”

思考题

同学们，茅以升说：人生之路崎岖多于平坦，忽似深谷，忽似洪涛，好在有桥梁可以渡过，桥梁的名字叫『奋斗』！你是如何理解这句话的？

扫描二维码，
收听优秀共产
党员的故事

诵读人

张红力

## 张红力

1995年任中央人民广播电台播音员，1997年7月1日香港回归特别直播前方主持人。1997年在北京人民广播电台新闻广播任记者、播音员、主持人，2004年被授予“全国优秀新闻工作者”称号，2008年获金话筒奖，2010年任新闻广播副台长，2021年受命组建京津冀之声，任副台长。

# 华罗庚

## ——只有初中文凭的数学家

华罗庚这个名字同学们应该不会陌生，新教材中收录的一篇课文《勤奋自学成大器》，讲述的就是华罗庚不畏艰难、勤奋自学，终于成为一名世界级数学大师的故事。

华罗庚，1910年出生于江苏金坛县（今金坛区）。他幼时爱动脑筋，因思考问题过于专心常被同伴们戏称为“罗呆子”。初中毕业后，华罗庚曾进入上海中华职业学校就读，因拿不出学费而中途退学。此后，他顽强自学，用5年时间学完了高中和大学低年级的全部数学课程。

20岁时，华罗庚以一篇论文轰动数学界，被清华大学请去工作。从1931年起，华罗庚在清华大学边工作边学习，用一年半时间学完了数学系全部课程。他自学了英文、法文、德文，在国外杂志上发表了3篇论文后，被破格任用为助教。

1936年，华罗庚前往英国剑桥大学。在英国的两年之中，他攻克了许多数学难题。他的一篇关于高斯的论文让他在世界上赢得了声誉。在抗日战争期间，他回到了灾难深重的祖国，在昆明的一个吊脚楼上，他写出了堆垒数论。1946年9月，华罗庚应普林斯顿大学邀请去美国讲学，并于1948年被美国伊利诺依大学聘为终身教授。

新中国成立后，华罗庚放弃在美国的优厚待遇，克服重重困难回到祖国怀抱，投身我国数学科学研究事业。1950年3月，他到达北京，随后担任了清华大学数学系主任、中国科学院数学所所长等职。1956年，他着手筹建中国科学院计算数学研究所。1958年，他担任中国科技大学副校长兼数学系主任。

回国后短短的几年中，他在数学领域里的研究硕果累累：他的论文《典型域上的多元复变函数论》于1957年1月获国家发明一等奖，并先后出版了中文、俄文、英文版专著；1957年，他出版了《数论导引》；1963年，他和学生万哲先合写的《典型群》一书出版……

华罗庚因病左腿残疾后，走路要左腿先画一个大圆圈，右腿再迈上一小步。对于这种奇特而费力的步履，他曾幽默地戏称为“圆与切线的运动”。在逆境中，他顽强地与命运抗争，他说“我要用健全的头脑，代替不健全的双腿”。凭着这种精神，他终于从一个只有初中文凭的青年成长为一代数学大师。他一生硕果累累，是中国解析数论、典型群、矩阵几何学、自导函数论等方面的研究者和创始人，其著作《堆垒素数论》更成为20世纪数学论著的经典。

华罗庚对于人才的培养格外重视，他发现和培养陈景润的故事更是数学界的一段佳话。在他亲自关心和过问下，陈景润从厦门大学被调到中国科学院数学研究所，最终在攻克哥德巴赫猜想方面取得了世界领先的成绩。此外，万哲元、陆启铿、王元、潘承洞、段学复等人也是在华罗庚的悉心培育下成长起来的。

在从事数学理论研究的同时，华罗庚努力尝试寻找一条数学和工农业实践相结合的道路。经过一段实践，他发现数学中的统筹法和优选法是在工农业生产中能够比较普遍应用的方法，可以提高工作效率，改变工作管理面貌。于是，他一面在中国科技大学讲课，一面带领学生到工农业实践中去推广优选法、统筹法，为工农业生产服务。

晚年的华罗庚不顾年老体衰，仍然奔波在第一线。他还多次应邀赴世界各地讲学。1985年6月，华罗庚访问日本，并将在东京大学作学术报告。当时，华罗庚已是75岁高龄，在国内曾两度发作心肌梗死。由于他腿疾日益严重，活动不便，只好坐轮椅。而作学术报告时，他却离开轮椅，自始至终站在讲坛上讲演。演讲规定时间已过，华罗庚问会议主席：“我可以延长几分钟吗？”主席点头同意。他的这次报告历时65分钟。当他在热烈的掌声中走下讲坛，迈向轮椅时，突然，他倒在了地上。后经医生全力抢救，他的心脏还是停止了跳动。

华罗庚生前曾说过，他剩下的时间最多只有5年，他要用所有的时间工作。华罗庚毕生驰骋在“数学王国”里，他最后在数学讲坛上走完了生命的最后一程。

**思考题**

同学们，有人说，华罗庚的一生就是一本大书。从这本书中，你能读到些什么呢？

扫描二维码，收听优秀共产党员的故事

诵读人

**陆　洋**

**陆　洋**

中央广播电视总台央广播音指导。《新闻和报纸摘要节目》《全国新闻联播》主播，中国广播电视专家委员会播音主持专家委员，国家广电总局高级职称评委会专家评委，全国播音员主持人资格证考试大纲修订人、出题人、审题人、组卷人，“金话筒奖”评委，中国传媒大学等多所高校播音主持专业学科带头人、兼职教授，国家级普通话测试员。

# 任继周
## ——中国现代草业科学奠基人

1924年，任继周出生了。那是一个动荡的年代，军阀混战，民不聊生，少儿时期的他几乎都是在迁徙中度过的。读小学、中学时，他在山东、湖北、四川等地辗转。当时的读书条件非常艰苦，就连课本也是倒茬使用，“高年级读完，再传给低年级”。据他自己回忆，他曾经就读过5所中学，在每所中学读书的时间都不超过半年。那时，任继周体弱多病，身边的青少年也大多如此。忍饥挨饿的同胞们营养不良、面黄肌瘦的情景，让他暗下决心报考畜牧专业，并立下志向：改变国人膳食结构，让国人更加强壮。

1948年大学毕业后，任继周接到我国著名兽医学家盛笙的邀请，受聘于兰州国立兽医学院。经学校安排，任继周又以兽医学院助教的身份，留在南京跟随我国草业科学奠基人王栋教授进修牧草学。1950年，任继周离开南京前往兰州。这注定是一段艰难的旅程：当时，从西安到兰州还没通火车，走土路、睡土炕，任继周用了21天才抵达。到达兰州后，他马上开始调研，花了一年时间走遍甘肃，对全省草原状况进行了初步考察。

甘肃生态类型丰富多样，这令任继周无比兴奋。他想：“我可不能放过这块宝地。”于是，他在甘肃扎下根来，潜心研究草业科学。他先后在国立兽医学院、西北畜牧兽医学院、甘肃农业大学、甘肃省草原生态研究所、兰州大学草地农业科技学院等单位，从事草业科学的教学与科研工作，一干就是70年！

要深入开展草原定位研究，必须建立试验站。1954年，任继周在位于青藏高原东缘的甘肃天祝藏族自治县境内海拔3000米的马营沟开始定点观测，“实验室”是两个帐篷。高山上的夜晚很冷，6月都会结冰，实验需要的蒸馏水瓶常常被冻裂。为了保护瓶子，任继周等人常把瓶子抱在被窝里睡觉。行军床底下总冒凉气，后来他干脆在地上铺灌木、灌木上再铺草打地铺。

建站初期，任继周每周前3天在兰州教学，后4天到试验站工作。从火车站到马营沟，山路蜿蜒崎岖，河水冰冷刺骨。为了不耽搁上课时间，他凌晨4点钟就得起床赶火车。就是在这样艰苦的条件下，任继周在全国率先开展了草地改良研究。

70年的专注与勤奋，任继周收获了丰硕的成果。在他身上，有多个“第一”：他创建了我国第一个高山草原定位试验站、我国高等院校第一个草原系；他创建了草原分类体系，将全球的草原类型纳入一个分类系统之内，各有归属；他提出的畜产品单位指标体系，被国际权威组织用以统一评定世界草原生产能力；他创造的划破草皮改良草原技术，使我国北方草原生产能力大幅提高，帮助大批农牧民走上脱贫致富之路。

他建立的草地农业系统，在我国食物安全、生态建设和解决“三农”问题方面展示了巨大潜力。

即使在90高龄以后，任继周还在孜孜不倦地勤奋工作。如今已经100岁的任继周说过：“每天都感觉时间不够用，还想要多发一份光和热。”

任继周曾将自己比作《周礼》中所载的“草人”，其中含义：一是俯下身子，做一个平凡的草原工作者；二是站在国民营养的高度，以发展草业为己任。

这就是一位优秀共产党员的操守与奋斗。

**思考题**

同学们，我们身边的大多数人都在60岁左右开始了自己的退休生活，而任继周爷爷在90多岁高龄时还在勤奋工作，你能说说他的动力来自哪里吗？

扫描二维码，收听优秀工厂党员的故事

诵读人

**赵 岭**

**赵 岭**

国家大剧院话剧演员，中华女子学院播音系客座教授，国防大学军事文化学院艺术硕士。话剧作品：《哈姆雷特》《威尼斯商人》《仲夏夜之梦》《李尔王》《简·爱》《样式雷》《暴风雨》《鸟》等；电视剧作品：《笑着活下去》《大校的女儿》《麦琪的礼物》等；配音代表作：《泰坦尼克号3D》《超人：钢铁之躯》《甄嬛传》《成龙历险记》；游戏：《古剑奇谭》《梦间集》等。

# 卢永根

## ——一生勤俭爱国的『布衣院士』

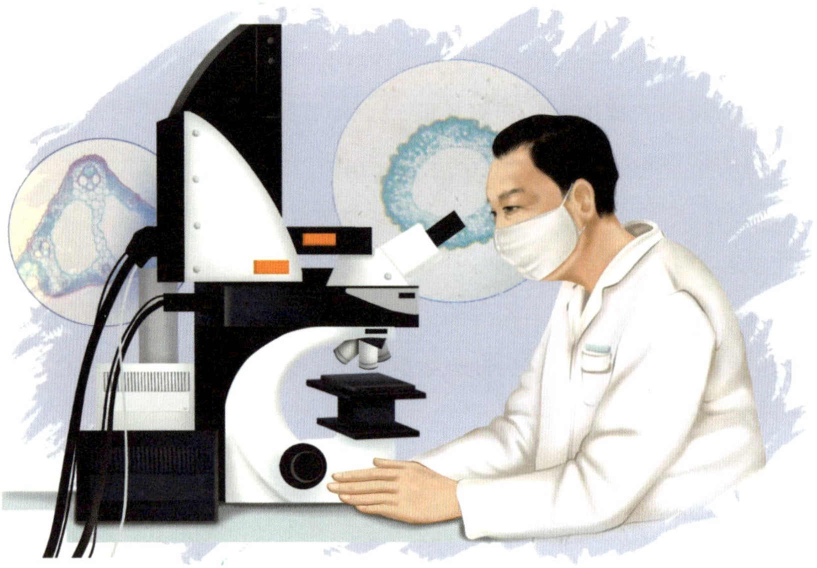

1930年，卢永根出生于香港的一个中产家庭，家里有电话、出门有汽车。11岁那年，日寇占领了香港，他被父亲送回广东花都老家避难，谁料想，这里也被日寇铁蹄践踏。他目睹了父老乡亲饱受日军欺侮，映入眼帘的一幕幕令他刻骨难忘。

17岁那年，他瞒着家人，加入了中共地下党的外围组织——“新民主主义青年同志会”。1949年8月9日，卢永根在香港加入中国共产党。8月9日这个日子，从此取代了他的生日，成为他一生中最重要的日子。8年后，他也把这一天选作他和妻子徐雪宾的结婚纪念日。

卢永根大学毕业后留校任教，成为“中国稻作科学之父”丁颖教授的助手。

抗战时，丁颖教授带着水稻种、番薯种，一直逃难到云南，把种质资源保护下来。这令卢永根十分敬佩。丁老师去世后，卢永根在极其艰苦的条件下，带领团队完成了恩师未竟的事业，保存了具有特色的野生水稻基因库，首次提出水稻“特异亲和基因”的新观点……经过数十年坚持不懈的研究探索，卢永根研究团队共选育出作物新品种33个，在华南地区累计推广面积1000多万亩，新增产值15亿多元。

作为华南农业大学的校长，卢永根这样定位自己的三重角色：先党员，再校长，后教授。

到过他家的人，都不由得会对这位老校长、老院士肃然起敬。铁架子床锈迹斑斑，挂蚊帐用的是竹竿，台灯是几十年前的款式，收音机坏了修了再修……平日出门，80多岁的老两口背着双肩包、头戴遮阳帽，挤公交、换地铁，一旦遇上大雨，就挽起裤腿，蹚着雨水回家。一日三餐，他们叮叮当当地拎着饭盒，和学生一起在食堂排队打饭，吃得一粒米都不剩……看到有学生剩饭，卢永根总忍不住提醒：“多少株水稻才能出一碗米饭？”然而，他们对党、对国家却不思索取，倾心回报。

2017年3月14日下午，重病缠身，已是87岁高龄的卢永根被人搀扶着，吃力地迈上银行台阶。颤颤巍巍地，他打开一个黑色旧挎包，掏出一个折叠过的牛皮纸信封。又打开信封，慢慢地掏出里面的10多张存折。他在一张又一张凭证上签字，一次又一次地输入密码。不久后，卢永根又在另一家银行，捐出了其他剩余积蓄。

880余万的积蓄！老两口没有留给唯一的女儿，而是成立“卢永根·徐雪宾教育基金”，因为“支援国家搞现代化，不把教育搞起来，是不可能的”，卢永根这样说。

这些壮举，人们说“捐”，可卢永根总说是“还”——“党培养了我，这是做最后的贡献”。老伴儿徐雪宾也说：“我们两个年轻时就受到党的教育，国家给了我们许多，我们用不完了，当然还回去。”

2019年8月12日，刚刚过完入党70周年的“生日”，89岁的他安详离世，走得坦坦荡荡。积蓄，全都捐了。后事，如他所愿，没有告别仪式，遗体捐给国家。最后一笔党费，老伴代交了，有1万元之多……

“布衣院士”卢永根走了，走得干干净净、清清爽爽。他不留财产、不留遗体、不留墓碑，但是，他却留下了一座高耸的精神丰碑，令无数后人感怀、敬仰。

思考题

同学们，卢永根爷爷曾经说过这样一句话：『一名真正的科学家，必须是一名忠诚的爱国主义者。』对这句话，你如何理解呢？

扫描二维码，收听优秀共产党员的故事

诵读人

**达 威**

**达 威**

国家一级导演。哈尔滨广播电台广播节目中心导演。现致力于广播剧和广播小说的编辑、导演及演播。

# 容国团

## ——人生能有几回搏

容国团，1937年出生于香港。父亲给他取名“国团”，是希望有一个强大的国家和团结的民族，没想到容国团成了为国争光的人。

家境贫寒的容国团从小失学，在香港东区一家渔行做童工以维持家庭生计。舅舅是一名业余乒乓球运动员，从小就有着非凡天赋的容国团跟随着舅舅学习打乒乓球，他打起乒乓球来有一股灵气，进步神速，很快就成为香港顶尖水平的乒乓球运动员。

1957年9月，容国团代表港澳乒乓球联队到北京与中国国家队打表演赛，当时容国团病后初愈，还没有完全康复，但他还是凭借自己高超的球技，击败当时中国乒乓球队中的主力队员王传耀、傅其芳和胡炳权。容国团的球技震撼了在场的观众，大家报以热烈的掌声。那一天，贺龙元帅也观看了整场比赛。随后，他亲自建议容国团回来为国家效力。

1958年4月，在广东体委召开的体育工作会议上，容国团发出了“三年之内夺取世界冠军”的豪言，而在当时，世界冠军对于中国人几乎是无法想象的。

一年之后，第二十五届世乒赛在德国的多特蒙德拉开帷幕，容国团第一次代表国家参加大赛。凭借着精湛的球技，容国团一路过关斩将，挺进决赛，决赛的对手是匈牙利老将——世界冠军西多。中国人从来没有离世界冠军梦这么近！在决赛中，容国团利用发球长短兼施，配合拉侧上旋，在先输一局的情况下直落三局，最终战胜了西多，夺得圣·勃莱德杯，成为中国体育界的第一个世界冠军。

夺得世界冠军后，22岁的容国团一回国，即受到了“民族英雄”般的礼遇：时任国务院副总理的贺龙亲自到机场接机、献花；周恩来总理甚至将容国团夺冠和十年国庆并称，可见容国团夺冠在当时的意义。在容国团的带领下，中国乒乓球队从此进入了世界强队的行列。帅气的容国团也因此成为全民偶像，乒乓球也就此开始被国人奉为“国球”。

1961年，第二十六届世界乒乓球锦标赛在北京举行，中日两队在男团决赛中展开了激烈交锋。容国团先失两局，后由徐寅生、庄则栋将比分追平。在决赛局上场前，容国团甩开毛巾，大呼一声：“人生能有几回搏！此时不搏，更待何时！”决赛局中，容国团和日本队的星野前两局打成1:1平，决胜局中，容国团一路领先，打到20:18时，星野力图挽回败局，拼命侧身连续拉弧圈球，容国团一板挡回，六七个回合后，因星野一板用力过猛，将球拉出界外，中国队终于第一次荣获世乒赛男子团体冠军。

1964年底，容国团受命于乒乓女队连败于日本的“危亡之际”，出任国家女队教练。不到一年，在第二十八届世乒赛中，梁丽珍、李赫男、林慧卿、郑敏之在他的率领和指挥下，获得了女子团体冠军、女子双打冠军和混合双打冠军，再次震动世界乒坛。

容国团大声呐喊出的“人生能有几回搏！此时不搏，更待何时”，也随乒乓球的广泛传播而传遍了我国大江南北。

容国团给中国乒乓球带来了生命力，乒乓球在中国生根发芽，根深叶茂，硕果累累，国人受惠颇深；同时，他打下了中国乒乓球队“快准狠变转”的根基，种下了中国乒乓球长盛不衰的基因。我们熟悉的现任中国乒乓球协会主席刘国梁说：“60年来，容国团给我们中国乒乓球队整个团体注入的精神与灵魂生生不息，传承至今，半个多世纪来在世界乒坛长盛不衰，更是成为中国体育界的一面旗帜。”

**思考题**

同学们，你喜欢哪些运动和运动员呢？我们应该如何学习他们的拼搏精神和为国争光的荣誉感呢？

扫描二维码，收听优秀共产党员的故事

诵读人

**于　嘉**

## 于　嘉

中央广播电视总台体育评论员、主持人，中国宋庆龄基金会理事。2012年出版书籍《见证奇迹！林书豪！》。2013年担任节目《NBA最前线》主持人。2015年获得跑动中国年度评选暨颁奖盛典“十大领跑英雄奖”。

# 王文教

## ——新中国羽毛球事业『拓荒者』

同学们肯定都在电视上观赏过激烈的羽毛球世界大赛，大家在为我们国家的羽毛球健儿加油助威的同时，也一定会为我们国家是世界羽毛球强国而自豪。羽毛球这种运动起源于印度，发展于英国。在世界范围内，当前羽坛最传统的六大强国分别是中国、日本、韩国、印度尼西亚、马来西亚、丹麦。

可在新中国成立之初，百废待兴，我国的羽毛球水平也处于起步阶段。我国的羽毛球水平由弱变强，被称为新中国羽毛球事业“拓荒者”的王文教功不可没。

王文教，1933年出生于印尼，1944年起开始打羽毛球。20世纪50年代初就成了印尼羽毛球界的明星。

1953年，中国举办全国四项球类运动会。赛后，印尼羽毛球队和中国队打了一场友谊赛，中国队被打得毫无招架之力。这一幕深深触动了印尼队球星王文教。正是这次比赛，让他意识到了中国羽毛球与世界顶尖水平的巨大差距。

年仅20岁的他下定决心：回到祖国去，提高中国队的羽毛球水平。可这又谈何容易！回国，意味着不仅要放弃优渥的生活条件和已经取得的荣誉地位，而且要与生活在印尼的亲人们分别。王文教的妈妈不同意，她对王文教说，你回去要受苦的。但王文教仍然决意回国。

王文教和陈福寿等华侨青年突破重重困难，终于在1954年5月踏上了归国之路。回国之后，国家体委以王文教、陈福寿等为主，在中央体育学院成立羽毛球班，王文教担任教练和队长。但当时物质匮乏，生活十分艰苦。王文教回忆说：“回来的时候需要粮票，没有粮票买不到东西。后来我妈妈知道我出现了浮肿，就寄了好多吃的给我。”

1956年11月开始，福建省等20多个省、市成立羽毛球队。这些集训队伍均以王文教和陈福寿合写的有关羽毛球训练方法（后结集成书，名为《羽毛球》）为指导刻苦训练。运动员技战术水平有了明显提高。

1957年9月，王文教、陈福寿获“全国第一批国家羽毛球运动健将”称号。1957年至1959年，王文教称霸羽坛；1965年，他率领中国羽毛球队远征北欧，打败世界亚军丹麦队及欧洲劲旅英国队。他和中国队一起被称为“无冕之王”。

从20世纪60年代初开始，伤病缠身的王文教逐渐淡出比赛，专心当教练，后担任国家队总教练，培养出杨阳、赵剑华、李永波、田秉毅等一大批羽毛球人才。在其执教期内，中国羽毛球队一共获得56个单打世界冠军和9个团体世界冠军。让王文教印象最为深刻的是1982年率队参加在英国举行的汤姆斯杯比赛，那也是1981年中国加入国际羽联后首次参加该项赛事。

赛后英国队领队这样评价：“这是汤杯举办40年来水平最高、最扣人心弦的比赛，能在1:3落后的情况下连扳4分，中国队创造了奇迹。”

第一次，英国女王将汤姆斯杯交到了中国人手里。

两年后，中国女队首次在尤伯杯中折桂，并由此开启了五连冠的征程。

王文教不仅是新中国羽毛球事业的拓荒者，同时也是中国羽毛球走向辉煌的奠基人。

**思考题**

同学们，请结合王文教的故事，谈谈“祖国在我心中”这句话的深刻含义。

扫描二维码，
收听优秀共产
党员的故事

诵读人

**孟　群**

**孟　群**

一级播音员，北京广播电视台体育广播中心节目部主任。主持节目：《金戈铁马》《体坛夜话》。

# 常香玉

## ——为国家捐献飞机的『花木兰』

"刘大哥讲话理太偏，谁说女子享清闲！"这句著名的豫剧唱段伴随着常派唱腔的韵味，成了穿越时空的时代符号，让人难忘以豫剧《花木兰》家喻户晓的豫剧大师常香玉。

常香玉，1923年出生在河南的一个贫寒家庭，幼年跟母亲靠要饭度日，父亲为了不让常香玉做童养媳，在她9岁时就让她学戏。1938年底，华北沦陷，常香玉一家逃到西安，一住就是18年，常派艺术就是在这里形成的。后来，常香玉创办了"香玉剧社"，培养豫剧人才。新中国成立后，"香玉剧社"开始在西安演出。

朝鲜战争爆发后，常香玉从广播里听到抗美援朝战场传来的消息：我志愿军某高地遭受百余架敌机狂轰滥炸，全连战士壮烈牺牲。她悲愤难眠，对丈夫陈宪章说："咱能不能为志愿军做点儿事？"丈夫说："美国就是凭着先进武器才这么猖狂的，咱就想办法为志愿军捐一架飞机吧！"一架喷气式飞机需要旧币15亿元（新币约15万元），常香玉手里没有多少钱。按当时演出的标价，即使场场爆满，不吃不喝也需要唱上200多场。性格倔强的常香玉说："我们进行义演。半年不行就一年，一年不行就两年，不信完不成。"

陈宪章很快写出了剧本，这就是后来唱响大江南北的豫剧《花木兰》。常香玉卖掉剧社唯一的一部卡车和自己的房子，作为捐献义演的基金，并宣布演职员不拿一分钱报酬，义演收入全部用于为志愿军购买飞机。1951年8月，常香玉把3个孩子送到托儿所，踏上义演募捐的行程。他们东奔西走，北上南下，半年行程上万里，演出180多场，完成募捐旧币15.2亿元。这笔钱后来交给了“抗美援朝总会”，并委托他们代买一架战斗机，献给在抗美援朝战场上浴血奋战的志愿军将士们。如今，这架“香玉剧社号”战斗机在北京航空博物馆展出。

在“香玉剧社号”战机呼啸在朝鲜战场上空打击侵略者的时候，常香玉来到抗美援朝前线慰问演出。在长达半年的时间里，常香玉和将士们一起爬冰卧雪，在枪林弹雨中上阵地、钻坑道、进病房。在上甘岭一次演出时，敌机突然空袭，炸弹就落在附近，演出现场的房顶的土直往下掉。但常香玉说，戏不能停，还得往下演。外面吹起哨子，防空枪咔咔打着，汽灯也灭了，志愿军战士打开手电筒对着舞台。常香玉说：“当时看到许多感人至深的故事，常常是我在台上边哭边唱，将士们在台下哭声一片。”一场戏演下来，常香玉饰演的花木兰活捉番王，志愿军将士站起来欢呼：“向花木兰学习！向常香玉学习！”

从抗美援朝前线归来，常香玉每年都要到部队慰问演出3个月以上。从天山脚下到东部沿海，从大兴安岭到南疆边陲，都留下了她不辞辛劳的足迹，留下了她慷慨激越、令人振奋的豫剧唱腔。

**思考题**

同学们，我们感奋常香玉的职业操守，感奋常香玉的人民立场，更感奋常香玉的人格精神。请以常香玉为例，谈谈你对文艺工作者德艺双馨的看法。

扫描二维码，收听优秀共产党员的故事

诵读人

**鞠　萍**

**鞠　萍**

中央广播电视总台节目主持人，中国第一位专职青少年节目主持人。主持栏目：《七巧板》《鞠萍姐姐讲故事》《大风车》。2008年入选“央视十佳主持人”。多次捧得金话筒，以甜美的形象和自然活泼的主持风格，陪伴一代代小朋友度过了快乐的童年，受到了小朋友和家长们的喜爱。

# 周令钊

## ——为新中国『造型』的人

我们把时间拉回到1949年10月1日的早晨。还有几个小时，开国大典就要开始了。位于天安门东南侧中央美术学院的队伍中有一位年轻人格外紧张，他远远地盯着城楼上方的毛主席像，细心听着周围人们的反映，大家都说好，他才露出开心的笑容。天亮前，他还在天安门前的梯子上做主席画像的最后修整工作。

他叫周令钊，是天安门城楼上毛主席画像的创作者。听着毛主席操着湖南乡音向全世界庄严宣告“中华人民共和国中央人民政府成立了”，这熟悉的乡音令周令钊感到既激动又亲切。

周令钊，1919年出生于湖南平江，先后就读于长沙华中美术专科学校和武昌艺术专科学校，青年时期就形成了深厚的家国情怀和激越的艺术理想。抗战全面爆发之后，周令钊积极投身抗日宣传工作，创作抗战宣传画，举办抗敌巡回画展，参加武汉黄鹤楼《全民抗战》大型壁画的绘制。20世纪40年代，他赴滇缅边境，在战斗前线奋笔描绘，记录炮火硝烟的生活。

或许很多人并不熟悉周令钊的名字，提起他设计的作品，却都耳熟能详，如中华人民共和国国徽、人民政协会徽、少先队队旗、共青团团旗、中国人民解放军“八一勋章”“独立自由勋章”“解放勋章”等。他还担任了第二、三、四套人民币票面的整体美术设计，为了使人民币有新的内容、新的形式，他去故宫、颐和园、云冈石窟，临摹古建筑、石雕、石刻、铜器上的花纹和图案，还对敦煌壁画进行了潜心的研究，速写本画满了十几本。2元纸币的背面景框源自故宫的窗棂，3元纸币背面的边框取自敦煌壁画中飞天的飘带，这些都赋予了人民币富丽典雅的气息，具有浓郁的中华民族特色。中央美术学院院长范迪安评价说：“周令钊用崭新的艺术形象‘设计’了崭新的国家形象，洋溢出新中国屹立东方、中国人民站起来的时代风貌。”

周令钊是艺术上的“多面手”。他创作的油画《五四运动》再现了中国现代史上的重大历史事件，成为革命历史画创作的代表作；他以素描、水彩、水粉、彩墨、油画、宣传画、插图等形式表现社会建设、生产劳动、祖国山川和人民生活，作品充满了蓬勃生机和清新诗意；他潜心研究民族民间艺术遗产，在构图、造型、色彩、笔线上开拓出具有装饰性的民族现代画风，产生了广泛影响；他立志于壁画艺术的复兴，从20世纪50年代创作的《世界人民大团结》，到改革开放之初创作的《白云黄鹤》等，都成为中国壁画艺术在新的民族艺术风格探索方向上的代表。

年逾百岁的周令钊说：“在我这棵树上的年轮，有过曲折、有过艰辛，好在有坚强的生命力。我还要为美化国家、美化人民生活继续工作。”

**思考题**

同学们，泰戈尔说：『果实的事业是尊贵的，花的事业是甜美的，但还是让我在默默献身的阴影里做叶的事业吧！』周令钊是给新中国画像的人，他自己甘居幕后，从不张扬，却取得了非凡的成绩。请谈谈你的看法吧。

扫描二维码，
收听优秀共产
党员的故事

诵读人

**阿 龙**

**阿 龙**

北京广播电视台十佳主持人，曾主持节目《四海漫游》《这里是北京》《星夜故事》《生活这一刻》。演播广播节目《话说天下》《阿龙说北京》。

# 于蓝

## ——永远的『江姐』

电影表演艺术家于蓝曾经主演《翠岗红旗》《革命家庭》《烈火中永生》《龙须沟》等电影，在新中国银幕上塑造了许多光彩夺目的英雄人物形象，其中最为经典的是电影《烈火中永生》中的“江姐”。她曾经动情地说：“我敬佩江姐。如果需要牺牲，我也能做到，因为我也是共产党员。”

于蓝，1921年出生于辽宁鞍山。1931年，年仅10岁的于蓝经历了“九一八”事变，被迫与家人辗转逃难。1937年，北平沦陷。为了摆脱亡国奴的命运，于蓝决心离开北平。1938年10月，17岁的于蓝穿越封锁线，从北平步行来到革命圣地延安。

1939年，于蓝和“江姐”的原型江竹筠分别在延安与重庆秘密加入共产党，宣誓对党无限忠诚。

此后，于蓝进入鲁迅艺术剧团，成为一名话剧演员。

1961年，正在住院的于蓝偶然读到了小说《红岩》连载片段。她被这个故事深深打动，一出院便找到书的完整稿，一口气读完。感动之余，于蓝产生了将《红岩》搬上银幕的想法。

为了写好剧本，于蓝和导演水华广泛接触了从斗争中幸存的共产党人。从大量真实的素材中，于蓝触摸到了江姐真实的性格特征——冷静沉着，随时准备牺牲，但并非毫无牵挂，并非铁石心肠。于蓝说：“我觉得演江姐不难，因为我理解她，我和她有着共同的经历和理想。”

1963年，电影《烈火中永生》开拍，于蓝被确定饰演江姐。从这一刻起，于蓝与江姐变得密不可分。同样憎恨日本侵略者，同样被敌人抓过、坐过敌人的大牢，同样怀着永远跟党走的坚定决心……相似的人生道路和经验，让于蓝把江姐“演活了”。于蓝扮演的江姐是一个有血有肉的温柔女性，她神情沉着，气质非凡。当她被敌人从牢房里押出去时，那一句平静而深情的台词：“同志们，永别了……”让人深信江姐也一定会这么说。

于蓝用心而准确的演绎，为江姐赋予了英雄人物的生动灵魂。晚年回忆起自己的创作心得，于蓝表示：“我为她这种忘我的、全心全意为理想献身的崇高气节所震撼，所以愿意扮演这个角色，把他们的行为，他们的为人，展现给人民群众，让人民群众永远记住他们，这是我们民族真正的精英，我们民族的先驱，民族的英雄。”

《烈火中永生》1965年上映后轰动全国，江姐这一角色感动了千千万万的观众，无数人从江姐身上获得了鼓舞。也正是江姐坚定的信念，帮助于蓝挺过了痛别舞台、丈夫病逝、罹患癌症等灾难和病痛。

正如江姐的那句经典台词——“共产党员的意志是钢铁”，于蓝没有被灾难击垮。“9次手术后，大家都以为我从此再也不会出来工作了。又是江姐让我顽强地站了起来。和江姐遭受的酷刑相比，我这点儿事算不得什么。”

刚过60岁生日，于蓝受命组建儿童电影制片厂，并出任厂长，直到80岁才从儿影厂退休。她说：“党和人民需要我去哪里，我就去哪里，没有半点儿犹豫。”

**思考题**

同学们，无论是于蓝还是江姐，那些牺牲自己为国家作出不朽贡献的奋斗者、奉献者、坚守者，都该被铭刻在时代的记忆中。请谈谈你对牺牲的看法。

扫描二维码，收听优秀共产党员的故事

诵读人

**肖 玉**

**肖 玉**

中央广播电视总台央广播音指导，国家级普通话水平测试员，多次担任夏青杯、齐越艺术节朗诵大赛评委。曾获得中国播音主持金话筒奖，被评为“第二届全国十大爱心记者”“第二届广播十佳金牌主播”“70年70人·杰出演播艺术家”。主播并主持过《新闻和报纸摘要》《各地人民广播电台联播》《439播音室》《星星火炬》等节目。演播长篇文学作品《解放战争》《抗日战争》《裴艳玲传》《雪域长歌》《长征记》等。

# 秦怡

## ——银幕上不老的『青春之歌』

秦怡是“新中国22大影星”之一，她主演了30多部影片:《马兰花开》里能顶半边天的拖拉机手马兰，《青春之歌》中慷慨就义的共产党员林红，《铁道游击队》里与敌人周旋的芳林嫂，《林则徐》中抗击侵略者的女英雄阿宽嫂……一个个鲜活的银幕形象背后，凝结着她对祖国和人民的爱、对艺术孜孜不倦的追求，以及近乎苛刻的自我要求。

这位极具威望的德艺双馨的艺术家，获得了几代人的尊重和爱戴。她用一个个能进入中国电影艺术殿堂的角色，拓宽了人们对中国电影的认知，照见了人们对世间真善美的渴望。她先后获得中国电影表演艺术学会终身成就奖、“国家有突出贡献电影艺术家”称号、全国优秀共产党员、全国五一劳动奖章等荣誉。

新中国成立70周年之际，98岁的秦怡收获了“人民艺术家”的殊荣。在病房中全程收看颁授仪式，秦怡激动不已:“感谢党和国家给我的这份荣誉，我永远爱我的祖国！”

1922年，秦怡出生于上海。抗战爆发后，16岁的秦怡毅然离家。在重庆、成都的8年里，她成了话剧舞台上的“四大名旦”之一，思想上也逐渐成熟。19岁那年，秦怡加入了中国共产党领导的中华剧艺社。

20世纪50年代是秦怡电影事业的黄金时期。林洁、芳林嫂、林红……这些人物形象闪耀着中国女性的善良聪慧和坚贞果敢。影片中的她，通过一个眼神、一个动作，就能深深抓住观众的心。秦怡善于对不同角色的内心世界进行深度挖掘，体察入微，表达自然，令人赞叹。

很多人不知道的是，秦怡一生经历了4次大病，上了7次手术台，患直肠癌、摘除了胆囊，甚至被下“最后通牒”。

秦怡承受着一位母亲巨大的痛。她数十年悉心照料患有精神分裂症的儿子，以柔弱的肩膀挑起家庭的重担。这个被时代一次次扼住喉咙的女人豁达地活成了传奇。

2007年儿子金捷过世后，秦怡很快收拾好心情，把一位母亲对儿子的爱播撒到世间更宽广的地方。汶川地震，她先后捐出21万元；玉树受灾，她又掏出3万元。据估计，她向各方面捐款超过60万元，这对于屡遭家庭变故的秦怡来说并不是一笔小数目。

2009年，秦怡88岁，被授予中国电影金鸡奖终身成就奖。站在领奖台上，秦怡说：“不管是88岁，还是98岁，我都要跟着所有的同行一起继续前进。”她践行了诺言，10年后依然活跃在艺术和社会的舞台上，优雅、坚忍，充满激情。

2012年，90岁的秦怡出演影片《三个未婚妈妈》，呼吁社会关注弱势群体；2015年，她编剧并主演了电影《青海湖畔》；2017年，她出演了陈凯歌导演的《妖猫传》；2019年，她出演了中国首部老龄化国情教育影片《一切如你》……

她说：“我愿意用一辈子讴歌党、讴歌祖国、讴歌人民、讴歌英雄。”

**思考题**

同学们，秦怡一生坎坷，却矢志不渝、初心不改，用美丽的艺术形象、漫长的艺术生涯沉淀出了『人民艺术家』的真谛。说一说，你从秦怡奶奶的身上学到了什么？

扫描二维码，收听优秀共产党员的故事

诵读人

**闻 佳**

**闻 佳**

黑龙江广播电视台播音指导，中广联合会播音主持委员会理事、有声阅读委员会专家，中国“金话筒”人物奖获得者、演播艺术家、国家级普通话测试员、全国广播剧最佳女演员。

# 樊锦诗

## ——敦煌的女儿

樊锦诗，祖籍浙江杭州，1938年出生在北平（今北京）一个知识分子家庭。

樊锦诗从小学习成绩不错，高中毕业时考取了北京大学历史系。入学不久分专业时，懵懵懂懂的樊锦诗不假思索就填写了比较艰苦的考古专业。

1963年毕业分配时，北大历史系决定把樊锦诗分配到敦煌工作，考虑到樊锦诗身体不好，又有了男朋友，希望她先去敦煌开展工作，三四年后有毕业生时，再把她替换回来。家里知道后，父亲在给她的信中夹了一封给学校领导的信，提出樊锦诗自幼体弱多病，希望改派她的工作单位。但樊锦诗并没有把父亲的信交给学校领导，而是表示服从分配，去敦煌工作。

敦煌的石窟艺术使她着迷，生活环境却极为艰苦。住的是土坯房，夜晚用蜡烛照明；喝的是又咸又苦的宕泉河水，洗完晾干的衣服会有白色碱印；吃的是杂粮，没有大米，蔬菜主要是“老三片”，即土豆片、萝卜片、白菜片……如何洗澡是大家避而不谈的秘密。同时，这里的工作人员还要承受与家人长年两地分居的辛苦。这里的医疗条件落后，身体原本羸弱的樊锦诗甚至经历过生死的考验。一年夏天，樊锦诗身体不舒服，注射青霉素后浑身发冷，昏睡到深夜醒来，以为自己死了，后用力爬起来，敲隔壁同事的门，请来住所医生，发现是青霉素过敏，差点儿醒不过来。还有一次去北京出差前输液过敏，导致嘴唇肿胀、喉咙干痛，脸上没有血色，输液的护士吓坏了，赶紧拔了针头，做了脱敏、防休克处理，樊锦诗才渐渐缓过来，身体稍稍稳定，她就直奔机场出差去了。

樊锦诗说：“开始我也没想在敦煌待一辈子，可能是命中注定吧，时间越久，越觉得莫高窟了不起，是非凡的宝藏。”

改革开放后，莫高窟的面貌焕然一新：编制扩大、人才汇聚、条件改善。1987年，莫高窟成为中国第一批进入世界文化遗产名录的遗产地。

1998年，樊锦诗出任敦煌研究院院长。此时西部大开发、旅游大发展的热潮涌来，莫高窟的游客数量急剧增长，让樊锦诗既高兴又担忧：“洞子看坏了绝对不行，不让游客看也不行。”

“如何让珍贵而脆弱的艺术‘活’得更久”成为樊锦诗日夜都在思考的问题。

之后，樊锦诗接触到了计算机，于是，已经65岁的她产生了一个大胆的构想——要为每一个洞窟、每一幅壁画、每一尊彩塑建立数字档案，利用数字技术让莫高窟“容颜永驻”。

在樊锦诗的推动下，敦煌研究院形成了一整套先进的数字影像拍摄、色彩矫正、数字图片拼图和储存等敦煌壁画数字化保存技术，制定了文物数字化保护标准体系。

樊锦诗曾为《敦煌：众人受到召唤》写序：“与千年洞窟相比，人的一生非常短暂，我们能在短暂的一生中与敦煌相伴，为保护莫高窟尽一份绵薄之力，就是极大的幸福。”

在敦煌研究院里有一座名为“青春”的雕塑，一位短发少女拿着草帽，身体微微前倾，意气风发，雕塑的原型就是初到敦煌的樊锦诗。

樊锦诗用执着和坚守，谱写了一个文物工作者的平凡与伟大。这座雕像生动地诠释着青春的价值与奉献的意义。

**思考题**

同学们，请在网上搜索一下敦煌研究院里那座名为『青春』的雕塑，并思索如何才能让无价的青春年华更具光彩？

扫描二维码，收听优秀共产党员的故事

诵读人

**周小芳**

## 周小芳

北京广播电视台卡酷卫视副总监，播音指导，北京市播音主持系列高级职称评委、国家级普通话水平测评员。中国新闻奖获得者，第二十九届奥运会火炬手，北京市首届“四个一批”优秀人才。

# 吴登云

## ——帕米尔高原的『白衣圣人』

吴登云，1940年出生于江苏省高邮县（今高邮市）。1963年的盛夏，年轻的吴登云从扬州医学专科学校毕业，带着满腹的医学知识，来到了帕米尔高原，中国版图最西端的新疆乌恰县。

乌恰县海拔高，地广人稀，牧民缺医少药，开展医疗工作费时费力。从20世纪60年代到80年代末，吴登云每年都要花三四个月时间到牧区巡诊和防疫。这位年轻的医生骑着一匹马，带上一只药箱，足迹踏遍了全县9个乡、30多个自然村。

一次吴登云骑马去牧区巡诊，返回途中遇到河里发大水。就在他将要过河时，当地一位牧民拦住了他，执意要自己先探路，确保没有危险后再让吴登云过。这位牧民说，山里的牧民不能没有吴登云。从此，吴登云更加坚定了留在乌恰的决心。

1966年冬天，一位患功能性子宫出血的柯尔克孜族妇女住进了乌恰县人民医院，她脸色苍白，双眸无神，没挪几步就一身虚汗。年轻的吴登云判断：必须输血治疗。然而，当时只有几间土坯房的简陋医院，哪会有血库？望着奄奄一息的病人，吴登云决定抽自己的血。300毫升的鲜血从吴登云的体内流进了病人的血管。几十年来，他无偿献血30多次，把7000多毫升血输进各族同胞身体里。

乌恰县波斯坦铁列克乡牧民买买提永远难忘吴登云为他儿子植皮的一幕。1971年12月1日，买买提两岁的儿子玩耍时不慎掉入火堆，全身50%以上的皮肤被烧焦。经过吴登云一连10多天全身心地投入抢救，幼儿终于渡过了休克关、感染关。接下来是创面愈合的难关，此时幼儿完好的皮肤所剩无几。吴登云把目光投向了幼儿的父亲，对医学一窍不通的买买提听说要从自己身上取皮，吓得惊恐万状，拔腿就跑。

吴登云于是决定从自己身上取皮。手术室的护士感到不理解，拒绝配合吴登云，吴登云就自己给自己注射麻药。他一共从腿上取下13块邮票大小的皮肤，随后拖着麻醉的双腿走上了手术台，把自己的皮肤植到幼儿身上。幼儿终于得救了，如今他已是两个孩子的父亲。

1984年金秋，吴登云走上了乌恰县医院院长的岗位。当时面临最大的问题就是医务人员短缺。吴登云意识到，必须培养一批土生土长的柯尔克孜族医生！他到各乡镇卫生院物色柯尔克孜族医护人员，白天上班，夜里帮助柯尔克孜族同志学习国家通用语言，然后把他们送到自治区医院去进修一年。进修回来，他又手把手地传帮带，使一大批柯尔克孜族医生成长起来。过去这家连阑尾炎手术都做不好的医院，现在几乎所有的常规手术都能做，医疗水平在边疆县级医院中位于前列。

1997年5月，吴登云的女儿吴燕在护送病人的途中遭遇车祸，生命永远定格在了28岁。吴登云如遭晴天霹雳，一下子瘫倒在床上，嘴里喃喃地说道："吴燕好多地方像我，她这么聪明，怎么这么早就走了呢？"吴登云含着泪念叨了一遍又一遍。

谁也没想到的是，女儿去世的第二天，吴登云依然准时地出现在医院的楼道里。他知道，医院还有很多病人在等着他。在场所有人都默然肃立，热泪盈眶。

2001年，吴登云退休了。大家都以为他会回到自己家乡安享晚年，但他却舍不得走。吴登云说："我爱我的第一故乡扬州，我也爱我的第二故乡帕米尔高原。如果我有第二次生命，我还会毫不犹豫地选择留在第二故乡。"

**思考题**

同学们，我们都有过远行后想家的经历，而一位在杏花春雨的江南成长起来的年轻医生，能够在朔风大漠的西北扎根几十年，请你思考，他的精神动力来自哪里？

扫描二维码，收听优秀共产党员的故事

诵读人

**志　鹏**

## 志　鹏

中央广播电视总台央广对台湾广播节目主持人。参与策划主持多项两岸交流重点节目，在广播专题节目的主持和业务研究方面取得了一些积极的成果。

# 屠呦呦

## ——挽救了全球数百万人生命的诺贝尔奖获得者

2015年10月5日，瑞典卡罗琳医学院宣布将诺贝尔生理学或医学奖授予了中国女科学家屠呦呦，以及另外两名科学家，以表彰他们在寄生虫疾病治疗研究方面取得的成就。这是中国医学界有史以来获得的最高奖项，也是中医药成果获得的最高奖项。

屠呦呦发现的青蒿素，是一种全新的抗疟疾药物。疟疾是经过蚊虫叮咬或者输入带疟原虫者的血液而感染的传染病。这种寄生虫寄生在人体内，导致周期性发病，全身发冷、发热、多汗，长期多次发作以后，会引起贫血和脾肿大。

屠呦呦，1930年出生。20世纪60年代，人类饱受疟疾之害。当时，年仅30多岁的屠呦呦接受了国家疟疾防治研究项目的研究任务。从1969年1月开始，屠呦呦领导的课题组从系统收集整理历代医籍、本草、民间方药入手，在收集2000余方药的基础上，编写了以640种药物为主的《抗疟单验方集》，对其中的200多种中药开展实验研究，历经380多次失败，利用现代医学和方法进行分析研究，不断改进提取方法。

东晋名医葛洪在他的典籍《肘后备急方》中，对青蒿截疟曾有这样的记载："青蒿一握，以水二升渍，绞取汁，尽服之。"在青蒿提取物实验药效不稳定的情况下，正是这句话，给了屠呦呦新的研究思路。屠呦呦团队通过改用低沸点溶剂的提取方法，富集了青蒿的抗疟组分，最终于1972年发现了青蒿素。

屠呦呦说："青蒿素是人类征服疟疾进程中的一小步，也是中国传统医药献给人类的一份礼物。”中国医药学是一个伟大宝库，青蒿素正是从这一宝库中发掘出来的。

如今，以青蒿素为基础的联合疗法是世界卫生组织推荐的疟疾治疗的最佳疗法，挽救了全球数百万人的生命。

同事们赞扬屠呦呦的为人，“不会虚言，更不会说场面话”。屠呦呦自己常说：“科研不是为了争名争利。”2009年，中医科学院推荐屠呦呦参评唐氏中药发展奖，她一个电话打到院长办公室：“我这么大岁数推荐我干吗？要给年轻人！”屠呦呦两度实现了中国本土科学家在国际奖项上“零”的突破：2011年的拉斯克临床医学奖和2015年的诺贝尔生理学或医学奖。但她公开表示：中医中药走向世界，荣誉属于科研团队中的每一个人，属于中国科学家群体。屠呦呦说：“荣誉越多，责任越大，我们还有很长的路要走。”

**思考题**

同学们，屠呦呦用一生的心力做好一件事，取得很大的成就。你准备好为某一项热爱的事业奋斗终生了吗？学习阶段，你该为此做好哪些准备呢？

扫描二维码，收听优秀共产党员的故事

诵读人

**冉 迪**

**冉 迪**

北京人民广播电台播音指导，70年70人·杰出演播艺术家。中国传媒大学语言学及应用语言学博士，北京市政协新闻舆论民主监督组顾问，国家级普通话水平测试考官，北京语言大学新媒体研究中心研究员。“学习强国”学习平台播音朗诵专家团专家。曾获中国新闻奖、中国国际新闻奖。演播作品：《元旦思母》《梵高奶奶》《张瑞芳回忆录》《花田半亩》等。

# 都贵玛

## ——草原母亲

都贵玛，1942年出生于内蒙古乌兰察布一个普通牧民家庭。辽阔的草原和蒙古民族的豪放胸襟，铸就了她勇敢、坚忍、勤劳、纯朴的品格。她从小就和大人一起放牧、挤奶、打草，茫茫草原和成群的牛羊伴随着她成长。

1961年，由于物资匮乏、食品奇缺，上海福利院的3000多名孤儿遇到困难，在周恩来总理和乌兰夫同志的安排下，他们被送到内蒙古大草原。年仅19岁的都贵玛冲破世俗偏见，勇敢地承担起照顾28名孤儿的任务。面对一群咿呀学语的孩子，这个未婚姑娘从喂饭、把尿做起，凭借着坚强的毅力和全身心的投入，温暖了每一个幼小的心灵。

都贵玛那时才19岁，自己还是个孩子，要给这些孩子们端屎端尿，白天看孩子，晚上守夜。有一个孤儿，每天晚上都要在都贵玛被窝里睡觉。都贵玛刚开始还不习惯，她说："那个孩子那会儿只有两岁，每天晚上找妈妈，我看那孩子很可怜，后来也就习惯了。"

她把自己的床铺安置在蒙古包的中央，孩子们的床铺则围成一圈，这样夜里起身照看的时候，离每个孩子都尽量近一些。有孩子生病了，她深夜独自骑马冒着凛冽的寒风和被草原饿狼围堵的危险，奔波几十里去找医生。博大的母爱给予了都贵玛勇气和力量，在她的精心呵护下，28个孩子在艰难的岁月里全部活了下来。

孩子们陆续长出新牙、学会走路、喊第一声"妈妈"——他们说的是蒙古语的"额吉"。他们长大了，陆续被养父母带走，告别都贵玛，过上新的生活。

养女宝德就是其中一位，现在是四子王旗的牧民。宝德说：“我是幸运儿，遇到了像母亲都贵玛这样善良的牧民。现在我已经是地地道道的蒙古族女性，地方上给我分了上千亩草场，让我衣食无忧。”

都贵玛总是想着，党和国家把这些孩子交给自己，作为这个国家的主人翁之一、公民之一，她就有义务抚养这些孩子。如今，都贵玛经常感叹科技进步让她与孩子们常常联络，仿佛更加亲密了。什么时候想和哪个孩子聊，就拨通手机。都贵玛不仅可以和她的28个孩子聊，还可以和孩子的孩子们聊。

都贵玛这样的蒙古族母亲们抚养了国家的孩子，这段历史被称为“三千孤儿入内蒙”，成为一段佳话。这是各民族心相连、共患难的一段历史，我们应该铭记。

思考题

同学们，听了都贵玛的故事，你们觉着什么样的爱是无私的，什么样的爱能超越地域、血缘、民族？

扫描二维码，
收听优秀共产
党员的故事

诵读人

**彭　坤**

**彭　坤**

中央广播电视总台央视综合频道《晚间新闻》主播。

# 布茹玛汗·毛勒朵

## ——帕米尔高原『活界碑』

新疆乌恰县地处我国领土最西端，是祖国大地送走最后一缕阳光的地方。在高寒、漫长的边境线上，一位柯尔克孜族大妈坚守60年，用双脚踩出20多万公里的巡边足迹，在10多万块大大小小的石头上镌刻下祖国的名字，被守边战士亲切地称为冬古拉玛山的“活界碑”。她就是——布茹玛汗·毛勒朵。

布茹玛汗，1942年出生，是新疆乌恰县吉根乡的一名普通牧民。吉根乡人口不足2000人，却有着绵延100多公里的边境线。1961年，19岁的布茹玛汗与丈夫来到帕米尔高原上的冬古拉玛山口，成为这里的第一批义务护边员。布茹玛汗从小就被父亲教导，边境线安稳国家才能安稳，人们才能有幸福的生活。这句朴实的话语成为布茹玛汗一生坚守的信条。

早年间，在巡边守边的过程中，布茹玛汗发现，很多边境线上因为没有界碑，出现了被自然或人为扰动的现象。望着绵延的边境线，布茹玛汗想到了一个办法，她要在石头上刻出“中国”两个字，并把石头沿国界线埋下去，以此充当延续的界碑。

帕米尔高原上最常见的石头，刻上了“中国”两个字，就有了特殊的意义。几十年来，在石头上刻字成了布茹玛汗最大的爱好。她已经记不清有多少次忘了时间、忘了回家，有多少次被石头划破了双手、被雨水浸透了衣衫。

1986年7月的一个早晨，布茹玛汗像往常一样到山口巡边。刚到边境线，她就发现其中一座界碑被人为挪动过。来不及多想，布茹玛汗掉头就往派出所赶去。

民警们很难想象，漫长的边境线上，一位普通牧民是如何发现这25厘米的差异，又是如何蹒跚着赶6个多小时的山路来报案的。

守卫家乡、守卫祖国的边境线，依靠个人的力量肯定不行，需要大家共同努力。在布茹玛汗的影响下，如今，她的5个子女也都成了护边员。

作为一个母亲，布茹玛汗每天牵挂的除了自己的子女，还有她军营哨所里的孩子们。

几十年来，这里的守边官兵换了一茬又一茬，战士们早已说不清布茹玛汗为他们杀了多少只羊、织了多少件毛衣。巡边路上，布茹玛汗和守边官兵们无数次共同面对险境。被困风雪中，她多次用自己的胸怀温暖冻伤战士的双脚，用自己的毡房给断了给养的官兵营造一个温暖的家。60年来，布茹玛汗累计救助官兵156人次。

从19岁到79岁，光阴如梭，布茹玛汗用爱心滋润着边疆的每一棵草木，用坚守呵护着边境线上的每一寸土地。沿着冬古拉玛的河谷和山坡，这10万多块刻着“中国”二字的石头，就是对这份初心最好的证明。

如今，布茹玛汗的故事传扬在天山南北，成为新疆各族护边员的榜样。布茹玛汗说：“把自己该做的事情做好，对得起自己、对得起国家就是最大的好。”

**思考题**

同学们，请结合布茹玛汗的故事，说说你怎么理解这句话：『边境线安稳国家才能安稳，人们才能有幸福的生活。』

扫描二维码，收听优秀共产党员的故事

诵读人

**马 燕**

**马 燕**

合肥故事广播主持人，主持早高峰《988在路上》。

# 顾方舟

## ——一生做了一颗小糖丸的『糖丸爷爷』

很多成年人都记得，自己在很小的时候曾被父母抱去医院，服下一颗甜甜的小小糖丸。这颗糖丸就是大名鼎鼎的“脊髓灰质炎活疫苗糖丸”。糖丸的研发者就是被无数孩子们亲切地称为“糖丸爷爷”的顾方舟。

顾方舟，1926年出生，是我国著名的医学科学家、病毒学专家。

脊髓灰质炎又称小儿麻痹症，是一种严重危害儿童健康的急性传染病，严重的会造成儿童肢体瘫痪。1955年，脊髓灰质炎在我国江苏南通暴发：全市1680人突然瘫痪，其中大多为儿童。随后病毒迅速蔓延到青岛、上海、南宁等地。

这件事一直影响着顾方舟。我国当时每年有一两千万新生儿，他知道早一天研究出疫苗，就能早一天挽救更多的孩子。

当时，国际上存在“死”“活”疫苗两种技术路线。死疫苗是比较成熟的路线，但要打3针，每针几十块钱，过一段时间还要补打第四针。要让中国新生儿都能安全注射疫苗，还需要培养专业的队伍，以当时的国力并非易事。而活疫苗的成本是死疫苗的千分之一，但因为刚刚发明，药效如何、不良反应有多大，都是未知之数。

深思熟虑后，顾方舟认定，在中国消灭脊髓灰质炎，只能走活疫苗路线。一支脊灰活疫苗研究协作组随后成立，由顾方舟担任组长。

顾方舟团队在昆明建立了医学生物学研究所，与死神赛跑。顾方舟自己带人挖洞、建房，实验室拔地而起。疫苗三期试验的第一期需要在少数人身上检验效果，这就意味着受试者要面临未知的风险。

顾方舟和同事们毫不犹豫地做出自己先试用疫苗的决定。顾方舟义无反顾地喝下了一小瓶疫苗溶液。吉凶未卜的一周过去后，他的生命体征平稳，没有出现任何异常。

但这一结果并未让他放松——成人大多对脊灰病毒有免疫力，必须证明这疫苗对小孩也安全才行。那么，找谁的孩子试验？谁又愿意把孩子给顾方舟做试验？

顾方舟毅然做出了一个惊人的决定：瞒着妻子，给刚满月的儿子喂下了疫苗！“我不让我的孩子喝，让人家的孩子喝，没有这个道理。”实验室的一些研究人员也做出了同样的选择：让自己的孩子参加了这次试验。经历了漫长而煎熬的一个月，孩子们生命体征正常，这一期临床试验顺利通过。

1960年底，首批500万人份疫苗在全国11个城市推广开来。投放疫苗的城市，脊髓灰质炎的流行高峰纷纷削减。面对逐渐好转的疫情，顾方舟没有大意，他意识到疫苗的储藏条件对不少地区难度不小，同时服用也是个问题。经过反复探索实验，顾方舟和他的团队把疫苗做成了糖丸。于是，陪伴了几代中国人的糖丸疫苗诞生了。

1990年，全国消灭脊髓灰质炎规划开始实施，此后几年病例数逐年快速下降。自1994年发现最后一例患者后，至今未发现由本土野病毒引起的脊髓灰质炎病例。

2019年1月2日，顾方舟在北京逝世。他走后，人们试图在儿时记忆里搜索脊灰糖丸的味道，纷纷留言“谢谢您，那是我吃过最好吃的糖丸”“可能是小时候最甜的回忆”……

**思考题**

同学们，『糖丸爷爷』顾方舟的故事让我们明白：除了父母亲人，还有很多人在默默地护卫着我们健康成长。长大后，我们应该如何回报社会和人民？

扫描二维码，收听优秀共产党员的故事

诵读人

**高惠彬**

**高惠彬**

国家一级演员、导演，文化和旅游部优秀专家。曾获文化和旅游部文华表演奖、话剧艺术研究会金狮奖及优秀导演奖。表演代表作：《雷雨》《捉刀人》《天狼星》《海啸》《雪狼》。执导话剧《天狼星》《年年月月》《屋外有花园》及话剧小品晚会《七色心灵》等。小说演播代表作：《国画》《当年拼却醉颜红》《盲流》《伤心致死》等。

# 甘祖昌、龚全珍夫妇

## ——守初心不改为民本色

甘祖昌、龚全珍夫妇相濡以沫33载。他们不仅是夫唱妇随的革命伴侣，更是肝胆相照的亲密战友。

1905年，甘祖昌生于江西省莲花县坊楼乡，1927年入党，第二年他就加入了工农红军。入伍后的甘祖昌进入井冈山子弹厂，跟着毛主席参加了长征。延安时期，他担任三五九旅供给部副部长，并在新中国成立后担任新疆军区后勤部的副部长、部长，1955年被授予少将军衔。

为了革命事业，甘祖昌将生死置之度外。1951年1月，担任新疆军区后勤部部长期间，他下部队检查工作，必经的一座桥梁被国民党残余部队破坏后用雪伪装起来，汽车经过桥中间时突然翻了下去。甘祖昌身受重伤，最终抢救脱险，但留下了严重的脑震荡后遗症。于是，司令员王震强行安排甘祖昌到庐山疗养，路过老家时，甘祖昌对母亲说："我身体不好，等过两年领导批准了，我就回来当农民。"

1957年，甘祖昌向军委打报告，请求到农村去当农民。于是，将军甘祖昌回到了阔别20多年的家乡——萍乡市莲花县坊楼乡沿背村当回了农民。而他的妻子龚全珍也毅然转业，跟随丈夫回到了贫困山村。

回乡的龚全珍一刻也停不下来，她步行了20多公里山路来到县文教局，毛遂自荐去教书。县文教局的负责人听说她是西北大学教育系的毕业生，喜出望外道："坊楼乡新办的九都中学确实急缺老师，就是条件太差，离你家又远，不知道你愿不愿去？将军支持不支持？"

龚全珍信心百倍地回答："放心吧，他自己都辞官务农了，怎么会不让我去？祖昌爱党爱国、艰苦奋斗、无私奉献的精神我可以学。”

龚全珍这一学就学了几十年。她所在的九都中学只有3位老师，工作量非常大，而且连间像样的宿舍都找不到，但龚全珍没有退缩，第二天就背着铺盖卷去上班。1961年，县文教局调她去南陂小学当校长。在南陂小学，她吃住在学校，一干就是13年。后来，龚全珍又被上级调整到离家更近的甘家小学当校长，她还是老作风，全心全意扑在教育上。

此时此刻，革命足迹遍布大半个中国的甘祖昌，带领坊楼乡的群众开沟排水、兴建水库。甘祖昌每月工资330元，他把三分之二的工资用来修水利、建校舍、扶贫济困。他一共参与建起了3座水库、4座水电站、3条公路、12座桥梁、25公里长的渠道。沿背河上要架设一座公路桥，国家拨了3万元，甘祖昌精打细算，仅用1.2万元就按质量标准建好，省出的钱又支援其他地方建设了11座小型水泥桥。

甘祖昌回乡29年，一直坚持和疾病作斗争。1985年，他的旧病复发；1986年，他因病辞世。

为了不拖累子女，与甘祖昌相濡以沫几十载的龚全珍住进了琴亭镇幸福院。她继承丈夫遗志，靠着微薄的工资，捐资建了8个教室，捐助学生上百人，捐赠图书近万册，用实际行动传承甘祖昌艰苦奋斗、扶危济困、建设美好家乡的信念。2013年，龚全珍发起建立了“爱心救助基金会”。如今，该基金会已为众多困难家庭解了燃眉之急。

2013年9月26日，习近平总书记在北京会见第四届全国道德模范及提名奖获得者时，向老将军甘祖昌的夫人龚全珍致敬。他说：“我们要弘扬这种艰苦奋斗精神，不仅我们这代人要传承，我们的下一代也要弘扬，要一代一代传承下去。”

**思考题**

同学们，坚守初心几十年不是每个人都能做得到的。想一想，你从甘祖昌爷爷、龚全珍奶奶的身上能够学习到哪些宝贵的品质呢？

扫描二维码，收听优秀共产党员的故事

诵读人

**冯 亮**

## 冯 亮

主任播音员。河北广播电视台融媒体新闻中心新闻播音组组长，《河北新闻联播》主播，河北广播电视台首席播音员。河北省监委第一届特约监察员，河北省第十二届青联常委，河北省军分区征兵形象大使。

# 谷文昌

## ——誓把荒岛变绿洲

谷文昌，1915年出生。1950年，他随军解放福建省东山县，先后担任城关区委书记、县委组织部部长、县长、县委书记等职务。

那时候的东山县，一年有多半时间刮6级以上大风，全岛森林覆盖率仅为0.12%。由于风沙之害，东山县百业凋敝，有种无收，连生存都成为奢望。“春夏苦旱灾，秋冬风沙还；一年四季里，月月都有灾。”当地谚语里描绘的景象，正是谷文昌初到东山时的样子。

“不制服风沙，就让风沙把我埋掉！”谷文昌立下铮铮誓言，带领东山干部群众踏上了斗沙治灾的征程。“筑堤拦沙、种草固沙、造林防沙”，经调查研究，东山形成初步治沙方案。

然而种树不易、规律难寻，自1954年起，东山先后8次大规模植树，均以失败告终。

面对困难，谷文昌没有丝毫畏缩退却。1958年春天，9株木麻黄树苗成功活了下来。“有九棵，就有九百棵、九千棵、九万棵，就能绿化全东山。”蹲在成活的木麻黄前，谷文昌心头泛起了绿色希望。谷文昌迅速组建由领导干部、林业技术员、老农“三结合”的试验小组，实行“旬旬造林”（每10天种一批）试验办法，种下了20多亩试验林，研究木麻黄的生长习性。经过夜以继日的观察与总结，分析风向、风力、湿度等因素，他们终于掌握了木麻黄的种植技术要点。

1958年12月20日，谷文昌召开万人大会，再次向全县人民发出动员：“上战秃头山，下战飞沙滩，绿化全海岛，建设新东山。”经过全县人民的不懈努力，仅1958年一年，东山便完成荒山造林4.3万亩、沙荒造林2.78万亩，成活率高达80%以上。

1964年谷文昌调离东山时，全县已营造3万多亩防风固沙林、6万多亩水土保持林、201条林带。满岛木麻黄，如今已长成防风固沙的茂密森林。今天的东山，天蓝、水碧、海湾美，沙白、林绿、岛礁奇。谷文昌当年描绘的愿景，“举首不见石头山，下看不见飞沙滩，上路不被太阳晒，树林里面找村庄”，早已变成现实。

人生一粒种，满山木麻黄。1981年1月30日，当谷文昌逝世的消息传回东山时，东山人民泣不成声。这位全心全意为人民服务的共产党人，在人民心中树起了一座不朽的丰碑。

**思考题**

同学们：金杯银杯，不如老百姓的口碑；金奖银奖，不如老百姓的夸奖。你怎么理解这句话呢？

扫描二维码，收听优秀共产党员的故事

诵读人

**晶　武**

**晶　武**

哈尔滨市朗诵协会会长，从事播音工作二十余年，为多部广播作品、电视纪录片配音，并获得国家级奖项，如《兄弟》《马永顺》《仰视你北大荒》《哈尔滨的音乐人》《中共党员在俄罗斯》《誓言无声》《战场记忆》等。

# 张富清
## ——深藏功名63年的老英雄

1924年，张富清出生于陕西汉中洋县一个贫农家庭，兵荒马乱的年月，他在家种过地，给地主当过长工，没有上过一天学。1945年，家中唯一的壮劳力二哥被国民党抓壮丁，为了一家人能维持生计，他用自己将二哥换了出来。

宜川战役中，国民党军整编第九十师在瓦子街落入我军伏击圈被歼，作为该师杂役的张富清，选择参加革命，成为王震所领导的英雄部队——三五九旅七一八团的一名“人民子弟兵”。

1948年7月，壶梯山战斗打响。这是1948年9月我军转入战略决战前，西北野战军为牵制胡宗南部队而发起的澄合战役中的一场激烈的战斗。在这场战斗中，张富清荣立师一等功，被授予师“战斗英雄”称号。

1948年11月，永丰城战斗打响。此时，我军已转入战略决战，西北野战军配合中原野战军、华东野战军作战。在永丰城战斗中，张富清带着2个炸药包、1支步枪、1支冲锋枪和16个手榴弹，攀上寨墙，炸掉了敌人的两个碉堡，在身受重伤的情况下，独自坚守阵地到天明，数次打退敌人反扑。他因此荣立军一等功，被授予军甲等“战斗英雄”荣誉称号，并被西北野战军加授特等功。

1955年1月，张富清退役转业时，坚决服从组织安排——赴湖北最偏远的来凤县工作。他和新婚的妻子孙玉兰从武汉，经巴东，历经一个星期的艰难跋涉，才抵达了恩施土家族苗族自治州来凤县。他用一块红布，包好用生命换来的军功章和报功书，塞进了箱子的最底层，从此，封存了那段戎马岁月，也深藏了非凡的功与名。就连他的妻子和4个子女都“只知道他当过兵”，不知道他竟深藏着一段可歌可泣的烽火记忆，这一藏，就是60多年。

来凤县是湖北最西南的偏远角落，经济落后，民生困难，干部紧缺，生活条件极其艰苦。“党叫我去哪里，我就去哪里。”这是张富清对组织、对自己的承诺。张富清在来凤县三胡区任副区长期间，因区里粮食十分短缺。他暗下决心：一定要把生产搞上去。他直接住进了最艰苦的村。白天，他和大家一起栽红薯、种苞谷；晚上，他组织研究生产计划，宣传党的政策；空暇时间，他帮社员挑水、打扫院子。那会儿他“手上的血泡从没断过”。社员们被张富清的淳朴和实干打动，当年就顺利完成了供粮储粮的任务。随后他又搬到另一个困难村去。过个一两年，他就要转移一次“阵地”。究竟住过多少村，张富清已经记不清了。

1975年，年过半百的张富清又把联系点选在最困难的高洞管理区。那里与湖南、重庆交界，与世隔绝的村寨都在四面悬崖、海拔1000多米的高山上。看到身背满篓子烟叶、艰难攀爬在羊肠小道上的村民时，张富清想，再艰难也要把这条路修出去。天刚蒙蒙亮，他就带领大家上工地，一直干到满天星光。硬是靠一双手从悬崖绝壁上凿出了一条生命之路！两年之后，道路全线贯通，2000多名土家族、苗族儿女走出大山的世代梦想终于实现了！

离休后，张富清仍居住在当年建行宿舍的二楼。两室一厅的家里，水磨地面磨得发亮，木质窗户已经看不出原来的颜色，斑驳的油漆墙面有的地方呈粉片状，好像随时都会掉落。吃饭用的小竹椅、小木桌至少都用了30年；家里虽然简陋，但是整洁得像个军营，好像随时准备出发。

2018年底，国家开展退役军人信息登记，张富清隐藏半个多世纪的战功才得以被发现。张富清说：“我要在有生之年，坚决听党的话，党指到哪里，我就做到哪里，党叫我做啥，我就做啥。”这就是一位共产党员的初心和本色。

**思考题**

同学们，请利用工具书查询『初心』这个词的意思，并思考『初心』对一个人一生的影响。

扫描二维码，收听优秀共产党员的故事

诵读人

**宁晓川**

**宁晓川**

北京广播电视台主持人，曾主持北京地区第一档证券类节目《金融资讯》，以及《首都经济报道》《晚间新闻报道》《经济法眼》《诚信北京》《京津冀大格局》等，是大型系列片《正道沧桑·社会主义500年》的讲述人。荣获“全国十佳法制节目主持人”“观众喜爱的十佳主持人”等称号。连续四届获得北京电视台播音主持专家奖。

# 黄大发

## ——当代愚公

黄大发，1935年出生于贵州遵义草王坝村（现播州区团结村），一个被层峦叠嶂的大山遮得严实的村庄，缺水是草王坝的穷根。千百年来，这里的人祖祖辈辈吟唱着一首民谣：“山高石头多，出门就爬坡，一年四季包沙饭，过年才有米汤喝……”

23岁这一年，黄大发加入了中国共产党，并被全村推选为大队长。意气风发的黄大发撂下了“狠话”：修水渠。于是，在黔北的莽莽深山里，不甘心、不信命，偏和大山较劲儿的黄大发带领草王坝村民用36年的时间干了一件事——修水渠。

可现实无比残酷。他们不懂技术，测量仅靠竖起竹竿，两边人用眼睛瞄；缺少水泥，沟壁上直接糊上黄泥巴作数；没有导洪沟，沟渠不盖板，洪水一来，脆弱的沟渠被冲得稀巴烂……

为此，黄大发四处求教，自学水利技术。一听说哪里有在建的水库沟渠工程，就立刻背着干粮匆匆上路，前去“取经”。

1992年的春天，黄大发带领村民一头扎进深山开工凿渠。日复一日不停歇，黄大发每天带着200多人的队伍进山，施工队在前面凿壁打槽，村民们在后面挑土砌堡。

苦心人，终不负。1995年，这条主渠长7200米，支渠长2200米，地跨3个村10余个村民组，绕三重大山、过三道绝壁、穿三道险崖的“生命渠”通水了！

通水那天，山崖上、水沟边，人山人海，鞭炮声、鼓掌声，不绝于耳，杀猪摆席、搭台庆功，好不热闹！这是草王坝村民们最高兴的一天，千百余年的梦终于实现了！大伙儿簇拥着黄大发上台讲话，站在台上的他沉默良久，欲言又止，一个字都说不出口，眼泪顺着黝黑、皱褶的脸庞直往下流。

从20世纪60年代起，历时30多年，靠着锄头、钢钎、铁锤和双手，在绝壁上凿出一条长9400米的“生命渠”，结束了草王坝长期缺水的历史，乡亲们亲切地把这条渠称为“大发渠”。水通百通。那一年，黄大发带领群众“坡改梯”，村里彻夜挖土、筑田、放水，稻田从240亩增加到720亩。那一年，他带着村民们修通了4公里的通村公路。再往后，他们依靠肩扛手拉，让村里通了电；村民们勒紧裤腰带，集资建了学校。

“不怕山高石头多，苦干就能把贫脱，打岩引水造梯田，穷村变成金银窝。”如今的草王坝，村民的荷包渐渐鼓了起来，幸福的生活一天比一天好。

思考题

同学们，在网络上找一张『大发渠』的照片，想象一下当时修建的场景，谈谈你对黄大发的理解。

扫描二维码，
收听优秀共产
党员的故事

诵读人
**白 钢**

**白 钢**

播音指导，北京广播电视台节目监制，小说演播艺术家、书香中国·北京阅读季领读导师。播音作品曾荣获中国广播电视金话筒奖、中国广播影视大奖、中国广播奖、华表奖等。

# 李延年

## ——把自己的一切交给祖国

李延年，1928年出生，1945年参加革命，先后参加过解放战争、湘西剿匪、抗美援朝战争、中越边境自卫反击战等战役战斗20多次，是为建立新中国、保卫新中国作出重大贡献的战斗英雄。

1945年10月，李延年到东北参军。那时的中国，内战的乌云笼罩在中华大地。参军后不久，李延年就参与到解放东北的战斗中。那时，初到东北，李延年和战友们连一件像样的冬衣都没有。部队纪律严明，他们从不入户打扰群众，群众也非常拥护部队。根植于人民的军队是不可战胜的。辽沈战役打响后，李延年所在纵队参加黑山阻击战，堵住廖耀湘兵团。在阻击战最关键的时候，李延年和战友们连夜急行军100多里，双腿跑赢了敌人的汽车，赶在天亮之前到达预定地点。在修筑工事期间，敌人以数倍兵力扑了上来，发起一轮轮强力冲击，一批批战友倒在了前沿阵地。战斗空前惨烈，一个战友牺牲了，另一个补上去，许多战友献出了生命。那次战斗，李延年和战友们坚守了3天，为友邻部队对敌人实施包围争取了宝贵的时间。辽沈战役结束后，李延年参加了平津战役，每战争先的他，连连立功受奖。1950年湘西剿匪，李延年被提拔为连队指导员。

抗美援朝战争爆发后，李延年随志愿军入朝作战。李延年担任志愿军某连指导员。他所在营奉命对失守的高地实施反击。“我军发现，敌人每隔3分钟左右就会打一轮炮。”掌握这个规律后，李延年和战友利用发炮间隙慢慢摸了上去。经过激烈的战斗，他们终于把高地夺了回来。这时，连队的机关枪已打得无法连发，步话机也被打烂，后方指挥所无法知晓他们的情况。李延年的一个连只剩下40多人，弹药也快打光了，部队就到敌人前沿去收集武器弹药。就这样，两夜一天的战斗，敌人一轮又一轮地压向我军阵地。打完弹药的官兵，靠捡拾敌人留下来的武器，打退了一波又一波的敌军。一名战士在子弹打光后，拿着爆破筒，与冲上阵地的20多个敌人同归于尽……李延年带领官兵坚守阵地，直到得到上级命令才撤出阵地。1952年11月，李延年被志愿军总部授予“一级英雄”称号，记特等功1次，并获朝鲜民主主义人民共和国自由独立二级勋章。

离休之后的李延年生活低调，南宁市许多中小学邀请他为学生作红色教育讲座，他从不提及自己的功劳。他说：“所有荣誉不是给我个人的，都是国家对所有烈士的褒奖，我们要永远铭记这些为新中国牺牲的英雄们。”

**思考题**

同学们，李延年老人经常来到广西军区军史馆的烈士墙前，去看望牺牲的老战友。他流着泪说：『现在你们都不在了，我活下来了，国家给我们这么高荣誉，感到惭愧啊！』请谈谈你对这句话的感想。

扫描二维码，
收听优秀共产
党员的故事

诵读人
**张闻天**

## 张闻天

北京广播电视台节目监制，中国少儿电影配音大赛决赛评委，国家地理频道专题片《寰宇地理》专职解说。影视配音：《狮子王》《复仇者联盟》《美女与野兽》《星球大战》《赛车总动员3》《陈情令》《花木兰》《笑傲江湖》等。

# 吴运铎

## ——把一切献给党

20世纪50年代，有一部脍炙人口的自传体小说《把一切献给党》。这本书问世至今，印数已经达到1000多万册，不仅多次再版，还被译成多种文字，在世界各地广为流传。这本书的主人公和作者，就是抗战时期革命根据地兵工事业的开拓者吴运铎。

1917年出生在安源煤矿山脚下的吴运铎，家境贫寒，自幼便懂得分担家庭重担。他曾上山挑煤、捡煤渣，还到煤矿当机电工人。9岁时，吴运铎加入儿童团，参与把风、放哨、送信等活动。资本家的剥削和战争带来的苦难，像烫红的烙铁给他留下刻骨的印象。在苦难的生活中，他逐渐认识到：要翻身、要解放、要光明，就只有跟着共产党走。

抗日战争爆发后，吴运铎毅然参加了新四军。被派到新四军司令部修械所后，他在农舍的茅草棚里开始了兵工生涯。对当时的吴运铎来说，兵工是一个完全陌生的领域。但他坚信，投身革命队伍，就要跟党走、听党的话。1939年5月，吴运铎加入中国共产党。1941年皖南事变后，吴运铎率领小分队生产一批前方急用的子弹。有一次，他正在拆卸收集来的旧炮弹引信上的雷管，突然，一只雷管在他左手上爆炸，他左手被炸掉4个指头，左腿膝盖被炸开，左眼水晶体被炸破，几近失明。数十年后，他回忆说："我知道这是一项很危险的工作，我要亲自做这工作，因为我是一个共产党员，在危险的时候，应该站在大家的前面，不能把危险的工作推给别人。"

1947年，吴运铎奉命去大连建立引信厂并担任厂长。在一次试验弹药爆炸力的时候发生意外，巨大的爆炸气浪把吴运铎抛向空中，甩到了20米外的海滩上。在几个月的治疗中，他阅读小说《钢铁是怎样炼成的》，从中得到鼓舞和激励。他刚能下地，便请示领导买来化学药品和仪器，把病房变成实验室，研制成一种高效炸药。

吴运铎一生多次负伤，失去了左眼、左手，右腿致残，经历过20多次手术，身上遍布100多处伤痕，体内留有几十块弹片，腿上的关节长期被石膏绷带固定，已经硬化，走起路来都是直的……但他凭借顽强的毅力，始终坚持战斗在生产科研第一线。他说："只要我活着一天，我一定为党为人民工作一天。"

1949年冬，党组织送他到苏联去治疗。在莫斯科，《钢铁是怎样炼成的》的作者奥斯特洛夫斯基的夫人听到了关于他的事迹，特地到医院看望他。苏联医生对这位"中国的保尔"十分热爱和崇敬。经过精心治疗，他的左眼重见光明。1951年9月30日，吴运铎作为全国劳动模范代表，被特邀到北京参加国庆观礼。在当晚的宴会上，周恩来总理握着吴运铎的手说："你就是中国的保尔·柯察金。"

新中国成立后，吴运铎历任中南兵工局副局长、机械科学研究院副总工程师、五机部科学研究院副院长等职，主持多项兵器科研工作，为国家培养了大批军工人才，为国防现代化和改善部队装备作出了重要贡献。

**思考题**

同学们，『捧着一颗心来，不带半根草去』，是吴运铎始终信奉的人生信条。请你谈一谈对这句话的理解。

扫描二维码，
收听优秀共产
党员的故事

诵读人
**朱 秦**

**朱 秦**

北京广播电视台新闻广播谈话节目主持人，播音指导。获金话筒奖广播播音员主持人奖，个人制作节目多次获得中国广播影视大奖、中国全国人大新闻奖、"五四新闻奖"、北京新闻奖等奖项。

# 麦贤得——钢铁战士

1965年8月6日凌晨，福建漳州东山岛附近海面，隆隆的炮声响彻海天，我人民海军护卫艇群正集中火力攻击来犯的国民党军小型猎潜舰“章江”号。

在战斗中，参战的我军611号护卫艇后左主机突然意外停车，机电兵麦贤得立即跑去帮助启动机器。就在此时，敌人的两颗炮弹打进机舱，一发落在前机舱，另一发落在后机舱。巨响过后，正在机舱里的麦贤得顿时觉得头部一阵剧痛，一块高温弹片打进他的右前额，一直插到左侧靠近太阳穴的额叶里，鲜血和脑浆顺着脸颊流了下来。他顿时感到天旋地转，失去知觉，全身无力地倒了下去……

所有人没有想到的是，经过简单包扎的麦贤得以惊人的毅力站了起来，但眼睛怎么也睁不开，因为鲜血和脑浆已经粘住了他的眼角、睫毛。

此时，神志半昏迷的麦贤得依稀觉得前机舱的轰鸣声似乎减弱了，他判断，很可能是前机舱的机器被炮弹打坏了。他一步一步摸索着走向前机舱，跌倒了就爬，过舱洞就钻。就这样，他在黑暗中坚强地回到了自己的战位。

麦贤得一颗颗螺丝、一个个阀门、一条条管道地检查。最后，他在几十条管道、数千颗螺丝里，检查出一颗拇指大小、被震松的油阀螺丝。麦贤得用扳手将螺丝拧紧，并用身子顶住移位的波箱，用双手狠狠地压住杠杆，使损坏的推进器复原，保证了机器的正常运转和舰艇安全。

战斗长达3个小时。麦贤得忍着剧痛，与全体参战官兵一起，击沉来犯的国民党军舰“章江”号，战斗胜利了，他倒下了。

伤情紧急！在党和国家领导人的直接关怀下，经过4次脑手术，麦贤得脑颅中的弹片终于被取出。

在住院康复时，为了使右手摆脱完全麻痹的状态，他艰难地顺着横杆一格一格地往上爬，即使累得大汗淋漓，仍然咬着牙坚持锻炼；右手不能写字了，他就坚持用左手写；刚一能走动，他就再不让护士为他端屎端尿，宁可扶着墙走，也要自己上厕所；早晨一听到起床号，就自己穿衣服、叠被子。

麦贤得被誉为“钢铁战士”，成为全国学习的模范。1966年，国防部授予他“战斗英雄”荣誉称号，共青团中央授予他“模范共青团员”的称号。

后来，麦贤得虽然康复，但头部重伤带来了严重的后遗症，他的智力大大衰退，语言障碍尤其明显。4次脑手术使他失去了大部分记忆，他克服困难，一边治疗，一边工作。

2007年退休后，他不忘初心，继续奉献。他把自己写的“精忠报国”4个字摆在案头勉励自己，平时写得最多的则是“永做小小螺丝钉”。

“永做小小螺丝钉”，麦贤得是这样写的，也是这样做的。他积极发挥余热，每年都参加公益活动，到部队、学校、企业、厂矿进行革命传统教育。他担任多所学校的校外辅导员，筹资购买书柜、桌椅和书籍，创建了洪北小学“英雄图书馆”。

如今，麦贤得已年过七旬，白发苍苍，可那军人的脊梁，依然刚强、挺拔……

**思考题**

同学们，真正的勇士，敢于直面惨淡的人生，敢于正视淋漓的鲜血。以『钢铁战士』麦贤得为例，谈谈你怎样理解『英雄』。

扫描二维码，收听优秀共产党员的故事

诵读人

**侯 焜**

**侯 焜**

云南广播电视台播音指导，全媒体新闻中心、《经典人文地理》栏目主持人播音员。

# 袁庚

## ——改革开放试验田『蛇口模式』的探索创立者

同学们如果看过电视剧《历史转折中的邓小平》，可能会记得剧中的这样一个片段：中央想组织高级代表团出国调研摸底，邓小平先要找掌管外汇的李先念同志特批经费。

而始于1978年的一场历史性变革，令中国改天换地，焕然一新。在这场变革中，一位先驱者的名字值得我们永远铭记，他就是袁庚。

1917年出生于广东省宝安县（今深圳市宝安区）的袁庚原名欧阳汝山，1938年参加革命工作，1939年3月加入中国共产党，同年加入惠宝人民抗日游击队，在东江两岸和港九地区开展抗日游击战。袁庚曾任广东人民抗日游击队东江纵队军事教员、联络处主任、驻香港办事处主任，第四野战军炮兵团团长。1949年后，曾任中国驻雅加达领事馆领事。

1978年9月，经国务院批准，交通部（现改为交通运输部）党组决定，派遣时任交通部外事局负责人的袁庚主政香港招商局，担任招商局常务副董事长。袁庚当时已经61岁，本已准备告老还乡，但他毫不犹豫地服从了组织决定。

袁庚到香港调研后向中央请示，大胆提出“立足港澳，背靠国内，面向海外，多种经营，买卖结合，工商结合”的发展方针，随后选定了当时还是一片荒芜的深圳蛇口作为招商局发展工业的基地。

1979年7月8日，蛇口的基建工作如火如荼地开展起来。在封闭了几十年的中国大地上，蛇口工业区开工建设打响了改革开放的第一炮。

而一个“4分钱惊动中南海”的故事，在变革之初就极具代表性。当时，蛇口工业区启动的第一个工程项目是建造600米的顺岸码头。为加快工程进度，袁庚主持制定了运泥车“每超一车奖励4分钱”的定额超产奖励制。这一打破“大锅饭”和平均主义的奖励办法很快提高了工人们的积极性。但不久，这一做法被相关部门叫停。“4分钱奖金”被叫停后，工程速度立即慢了下来。袁庚急了，通过新华社内参向中央反映了这一问题，陈述了改革分配体制、实行奖励机制的必要性。内参引起了中央领导的注意和支持。随后，蛇口工地上的定额超产奖又恢复了，工程进度又一次提速，其直接结果是，这段码头竣工比原计划提前了一个多月，多创产值达130万元。

为了进一步激发建设者的创造力，袁庚想到提炼一种精神口号来激励大家，由此，“时间就是金钱，效率就是生命”的口号应运而生。

正是从“4分钱”起步，袁庚主政下的蛇口在短短数年间，拉开了中国改革开放的风云大幕。从打破“大锅饭”到招商引资，从住房商品化再到全国人才招聘，在1979年到1984年的几年中，蛇口创造了24项“全国第一”，而这些“第一”也多数沉淀成为当下中国市场经济的常态。

在他接手的时候，蛇口还只是不足千人的小镇，几排破旧低矮的房屋陈旧而杂乱，海滩上到处散落着垃圾。而到他离休的1993年，“蛇口模式”已经闻名全球。如今，蛇口更成为广东自贸试验区的重要组成部分。

2013年，在改革开放35周年之际，有网络发起评选“35年来你印象最深的一句话”。在众多网民的投票中，“时间就是金钱，效率就是生命”始终位居前列。

1993年3月，袁庚从招商局常务副董事长岗位上离休，留下一句“往前走，莫回头”。如今，袁庚已故，但他留下的改革精神，却激励着中国一代又一代的改革者前行。

**思考题**

同学们，到2035年，我国将基本实现现代化。请思考到那时，你们多大年龄？你们能为中华民族的伟大复兴做些什么？

扫描二维码，收听优秀共产党员的故事

诵读人

**李　铖**

## 李　铖

河南广播电视台第二届名主持人，中国有声阅读年度优秀演播人，赛立信收听全国风云奖获得者，香蕉声音工厂配音指导。擅长有声播讲、声音表演。

# 李道豫

## ——时刻牢记国家利益至上的外交官

祖籍安徽合肥的李道豫1932年出生在上海。1948年，正在读高三的李道豫，在地下党组织的教育下走上了革命道路。1949年8月，李道豫被组织选派去沪江大学（上海理工大学前身）学习。起初进的是教育系，党支部发现英文系学生党员力量比较薄弱，建议英文成绩优秀的他转系。自此，李道豫开启了与外交事业大半辈子的不解之缘。

1952年，亚洲及太平洋区域和平会议在北京召开，李道豫被抽调去参与会议筹备和翻译工作。会议结束后，20岁的他留在外交部工作。

1990年6月，58岁的李道豫出任中国常驻联合国代表。虽然任期不到3年，但他以“惊心动魄”一词来形容这段经历。第一次海湾危机、韩国和朝鲜加入联合国、和平解决柬埔寨问题等一系列重大国际事件都在这期间发生。

最让李道豫印象深刻的是第一次海湾战争。1990年8月2日凌晨，伊拉克侵略科威特，安理会半夜通知召开紧急会议。会上，美国和科威特联合提出，一是集体谴责伊拉克侵略，二是要求伊拉克必须退回到8月1日的阵地。

据李道豫回忆：“当时，我们这边在开会，伊拉克已经打进科威特首都了，这早就不是边境冲突了。”他马上给外交部部长钱其琛打电话，直接请示。他提出的建议是对伊拉克进入科威特表示遗憾，对谴责伊拉克入侵科威特的提案投赞成票，得到国内批准。中方表态在国际上（包括科威特）得到了正面反应。

这样的紧急情况经常发生，联合国的场地不大，但它是世界的大舞台。在这个多边外交大舞台上，李道豫纵横捭阖，提升了中国的国际话语权。

1993年，李道豫奉命由常驻联合国代表转任驻美大使。同年3月，克林顿政府刚刚上台就对中国推出“最惠国待遇”与“人权问题”挂钩政策，如果中国不就范，就要在一年限期后取消最惠国待遇。4月，李道豫上任后的第一件事情就是拜访时任国务卿克里斯托弗。克里斯托弗用所谓一年的限期来加以威胁，李道豫对此沉着应对，坚信这种既损人又损己的政策终究要失败。果然，面对中国反对外国干涉内政的严正立场和美国工商界的反对，克林顿在一年后主动终止了这个错误做法。

同年8月，又发生了“银河号”事件，后来又经历了“导弹制裁”事件、美国国会反对北京申奥。尤其是1995年美国政府允许李登辉访美事件使两国关系降到最低点。

在美国允许李登辉访美后，李道豫申明中国政府的立场，与克林顿进行了激烈的交锋。

在美期间，李道豫十分注重公共外交。为了让更多的美国民众了解一个真实的中国，他跑遍了美国50个州，发表了200多场正式演说，并经常接受美国媒体采访。

1998年3月他离任之时，100多位议员出席了在美国国会曼斯菲尔德大厅举行的招待会，为他饯行，这样的规格在当时是罕见的。

在长达52年的外交生涯中，李道豫始终秉持一颗炽热的初心，在波诡云谲的国际局势中坚决捍卫国家利益，在外交舞台上，坚定地向世界发出了中国的声音。

**思考题**

学过中国近代史的同学们都知道，鸦片战争以来，我们曾被迫与列强签下了一系列不平等条约。今天，我们有底气在国际舞台上发出中国声音，请你思考其中的深层原因是什么？

扫描二维码，收听优秀共产党员的故事

诵读人

**酒　杰**

## 酒　杰

北京广播电视台故事广播播音指导、节目监制，曾主播《北京新闻》《新闻大视野》。曾获中国播音主持金话筒奖、中国广播影视文艺类大奖提名奖、北京市广播影视奖、北京电台听众喜爱的优秀主持人奖。

# 史久镛

## ——外交领域国家利益的忠实捍卫者

史久镛，1926年生于浙江。二十世纪二三十年代的中国，内忧外患，飘摇动荡。史久镛回忆说："我从小生活在旧上海英国租界，上中学时日本人完全占领了上海，经过外白渡桥时，经常看到中国人被迫向日本宪兵鞠躬行礼。这种深深的屈辱感，使我常常思考：我能为国家做些什么？"

史久镛早年就读于上海圣约翰大学，获政治学学士学位。他和当时的许多仁人志士一样，痛感"弱国无外交"，立志用知识改变中国积贫积弱的命运。

1948年底，史久镛赴美国哥伦比亚大学研究院公法系国际法专业学习。1950年11月，他从电视上看到，新中国外交部副部长伍修权在联合国安理会发言，控诉美帝国主义霸占台湾和侵略朝鲜的罪行。这次演讲犹如一声惊雷，震惊了世界，也在史久镛的心中埋下了一粒"学法报国"的种子。1954年秋，等不及参加毕业典礼，史久镛就回国了。

1980年，史久镛正式担任外交部法律顾问，开启了一段令他引以为豪的经历。凭借在国际法领域的深厚专业功底，史久镛参与新中国大量重大涉外法律问题的处理和涉外诉讼的应对，用实际行动践行了"学法报国"的信念。

1997年7月1日零点整，五星红旗在香港特区冉冉升起，亿万中华儿女为之欢欣鼓舞。然而，鲜为人知的是，包括史久镛在内的许多法律专家们为这一光荣时刻殚精竭虑，夙兴夜寐。

作为中英联合联络小组中方法律顾问，史久镛潜心钻研有关法律问题，就香港回归涉及的国际条约适用等重大问题提出稳妥的建议，参与设计了一系列具有开创意义的法律安排。

在香港回归谈判过程中，如何处理回归后香港同关税和贸易总协定的关系，成为一个重要法律问题。在英国占领香港期间，香港以英国“殖民地”的身份加入了关贸总协定。当时，一些部门对于中国的“入世”谈判盲目乐观，认为不出一年甚至半年就可成功“入世”，香港应暂时退出协定，待我国“复关”“入世”后与祖国一同加入。秉着实事求是的精神，史久镛撰写了《香港与关税和贸易总协定》万字长文，力陈香港先以自身名义参加关贸总协定的意见，并最终被决策部门采纳。

“中国近现代史上，关于领土和主权的问题，第一次通过外交谈判来解决，而且这一次不是往外割让领土，而是对领土恢复行使主权。”史久镛说，这是他一生最值得骄傲、最刻骨铭心的经历。

改革开放以来，中国与世界互动频繁而深刻，“中国面孔”在国际舞台上日益活跃。1993年，史久镛当选为国际法院法官；2000年，当选为国际法院副院长；2003年2月，当选为国际法院院长，成为国际法院自1946年成立以来首任中国籍院长。

岛屿归属、海洋划界、非法使用武力、以色列在被占领的巴勒斯坦领土上建隔离墙……在任期间，史久镛审理的案例多达16件，创历任国际法院院长纪录。

2010年，当史久镛从国际法院卸任之际，时任联合国秘书长潘基文评价他“致力发挥国际法院在和平解决国际争端等领域的角色”，工作“令人钦佩”。

2021年，已逾95岁高龄的史久镛“学法报国”情怀依然热忱。爱国之情，报国之志，历久弥坚。

**思考题**

同学们，史久镛爷爷终身『学法报国』，请你结合他的经历，谈谈『爱国之情』与『报国之用』这两者之间的关系。

扫描二维码，收听优秀共产党员的故事

诵读人

**郑　磊**

**郑　磊**

北京广播电视台交通广播《1039新闻早报》《交通新闻》《1039都市调查组》主持人。

# 许海峰

## ——中国奥运首金获得者

1984年7月29日，对许海峰和中国体育而言，都是一个值得铭记的日子。在第23届奥运会男子手枪慢射比赛中，许海峰夺冠。这枚金牌，为中国实现了奥运金牌“零”的突破。许海峰一下子成了名人，但很多人并不知道，许海峰在1982年才进入安徽省省队，夺冠的手枪慢射项目，他更是在1982年底才开始接触。

许海峰，祖籍安徽全椒，1957年出生于福建漳州。1979年，在干了两年农活儿和两年的赤脚医生之后，许海峰作为知青返城在供销社当上了营业员。一次偶然的机会，许海峰得知自己的中学体育老师担任了当地的射击教练，抱着试试看的态度，他加入了射击队。

仅两个月后，在一次安徽省的比赛中，许海峰出人意料地获得了冠军，并高出了省纪录26环，这在当时非常轰动。当时，许海峰用的枪只是一把非常普通的内蒙古乌海生产的双灵牌气手枪，人民币60块钱一支；获得亚军的运动员，用的是德国的进口气枪，售价高达1000美元。

凭着这一鸣惊人的表现，1982年11月，许海峰到了省队备战全运会，教练说：“光打一个项目不行，得增加一个。”增加的这个项目，就是自选手枪慢射，也正是他创造历史的项目。

教练给了许海峰一把国产东风二手枪，由于木托太大，许海峰花了5天的时间，把木托修成了自己顺手的样子，他真正的手枪慢射之路就此开始。短短一年时间，许海峰就进了国家队。

当时训练的靶场到冬天特别冷，运动员用木板隔出了小隔间，在里面生两个大煤炉，但还是冻得不行，许海峰手上都生出了冻疮。但是到了夏天，又是另外一番景象。为了增加稳定性，射击队员们无论冬夏都要穿着厚厚的棉衣训练，炎炎夏日，一堂训练课下来，衣服常常被汗水浸透。

射击运动员需要练就一颗“大心脏”。那时训练还没有科技支持，大家就发挥各自的智慧摸索着就地取材，在弹壳上用钻头打孔，用一根20多厘米长的线吊上缝衣针，从孔眼穿过，一遍遍地训练稳定性和心理素质。

1984年7月29日，许海峰站在了奥运会赛场上，他继续着慢条斯理的打法，打了不到30发，就停了下来，跑到射击场的外面，坐在台阶上，坐了将近半个小时。这么重大的比赛跑到外面坐着，一般人可沉不住气，可许海峰就是慢下来，等心情调整好了再打。比赛快结束的时候，赛场上剩他一个人在打。

566环！许海峰为中国人赢得了首枚奥运金牌。

当中华人民共和国国歌第一次在奥运赛场上奏响，当五星红旗第一次飘扬在最高的位置，现场中国人都喜极而泣，只有许海峰依旧保持着一贯的沉稳，他的脸上只能看到一丝微笑。回国后不久，他将射击用的手枪捐给了博物馆，金牌也一起捐了出去。许海峰说：“许多人说我是傻帽。但是我觉得，那枚金牌不是我一个人的，而是国家给的，所以我应该捐出去。”

**思考题**

同学们，你们怎么看待许海峰把自己的金牌捐出去的行为？个人的荣誉和国家的荣誉之间是什么样的关系？

扫描二维码，收听优秀共产党员的故事

诵读人
**杨 洋**

**杨 洋**

北京广播电视台交通广播主持人。曾荣获“金话筒”个人奖、中国广播影视大奖；北京人民广播电台“首席”DJ，连续五届被评为“北京电台听众喜爱的十佳主持人”；北京市“五四奖章”获得者，被评为“首都学习之星”“北京读书形象大使”。

# 杰桑·索南达杰

## ——用生命守护藏羚羊的『环保卫士』

作为世界第三极上最大的一片无人区，可可西里平均海拔4600米，是高原野生动物基因库。其丰富的矿产及野生动植物资源，引起许多盗猎者的觊觎。20世纪80年代末开始，藏羚羊遭受到前所未有的大规模盗猎，从20万只锐减到不足2万只，被列为国际濒危物种。

杰桑·索南达杰，1954年出生，青海玉树治多县索加乡人。面对可可西里的生态危机，时任青海省玉树藏族自治州治多县县委副书记的杰桑·索南达杰多次向县委建议保护国家资源，合理开发可可西里，推动成立了可可西里生态环境保护机构——治多县西部工委，并受命担任工委书记。

索南达杰先后12次深入到可可西里腹地进行实地勘察和巡查，掌握了大量第一手自然资源分布资料。他还组建了我国第一支武装反盗猎队伍，先后查获非法持枪盗猎团伙8个。

1994年1月，索南达杰最后一次走进可可西里。8日，索南达杰一行7人从格尔木出发，沿南线前往可可西里，进行县界勘界和资源调查。16日，索南达杰一行抵达青海、西藏、新疆三地交界处的泉水河，基本完成了地界勘察任务。正准备回返时，他们发现并截获了一伙12人的盗猎团伙，查获一支火枪、一支改装的半自动步枪、9支小口径步枪、子弹3000发、现金万余元。

18日傍晚，索南达杰一行人押解盗猎分子行至太阳湖南岸，盗猎者在夜幕中趁索南达杰和工作人员不注意，将汽车轮胎割破，将索南达杰与其他工作人员分开。等到索南达杰将轮胎换好赶上前面的押送盗猎者车辆时，不幸被埋伏的盗猎者用枪击中……

被发现时，牺牲的索南达杰匍匐于地，右手持枪，左手拉枪栓，怒目圆睁，一动不动，早已被风雪塑成一尊冰雕……

索南达杰用生命换来了中国环境保护事业新篇章的开启，许多人追随他的脚步，走上环保道路。其中包括索南达杰的妹夫扎巴多杰和外甥秋培扎西，他们做了同样的选择：一辈子守护可可西里。如今，4.5万平方公里的可可西里已从最初的无人区逐步成为省级自然保护区，再升格为国家级自然保护区，2017年申请成为世界自然遗产地。藏羚羊已从20世纪90年代的不足2万只恢复到7万多只，可可西里不再有枪声，藏羚羊栖息的家园呈现出一派宁静与祥和的景象。

**思考题**

同学们，如果有机会到可可西里自然保护区看看，你想对像索南达杰这样致力于环保事业的人说些什么呢？

扫描二维码，收听优秀共产党员的故事

诵读人

**张　燕**

**张　燕**

宁夏经济广播副总监，国家一级播音员、主任编辑，国家级普通话水平测试员，宁夏朗诵学会副主席。

# 廷·巴特尔

## ——把根深深扎在草原上的将军之子

内蒙古自治区阿巴嘎旗向东约300公里，是位于萨如拉图雅嘎查的廷·巴特尔家。“巴特尔”，在蒙古语中代表着“英雄”的意思，而我们今天故事的主人公廷·巴特尔也被当地的牧民们视为新时期的“草原英雄”。

廷·巴特尔，1955年出生。1974年高中毕业后，这个年仅19岁的蒙古族小伙子与40多名知青从呼和浩特市插队到了锡林郭勒盟的阿巴嘎旗白音高勒的萨如拉图雅大队。这里地处中国十大沙漠沙地之一、距北京最近的风沙源——浑善达克沙地北缘，气候恶劣，草场退化严重，牧民的人均年收入不到40元。

1976年，廷·巴特尔的父亲廷懋将军出任内蒙古军区政委、内蒙古自治区党委第二书记。与此同时，知青可以返城的政策也来了。所以人们普遍认为，第一个返城的知青肯定是廷·巴特尔，一个简单的理由就是他的父亲是自治区领导。但是事实却相反。

这位“将军之子”坦言：“大家都说我是来镀金的，肯定要走，我要用行动告诉所有人，我要扎根草原，带领广大牧民建设现代化新牧区。”于是，廷·巴特尔成为当时的40多名知青中唯一扎根在萨如拉图雅草原的知青。

凭借着热情、勤奋好学的优秀品质，不久之后，廷·巴特尔当选了萨如拉图雅大队队长并加入中国共产党。1981年底，廷·巴特尔和当地姑娘额尔登其木格结婚了。

20世纪80年代，牧区开始推行草原畜牧双承包制。这一措施极大地调动了牧民的养畜积极性，但却缺少对牧民的科学引导，导致牧民在追求养畜头数时无视对草原的破坏，使草原变成黄沙漫漫的沙地，廷·巴特尔大声疾呼：“不能这样下去了，否则，就连我们赖以生存的空间也将不复存在！”廷·巴特尔苦口婆心地和每一个牧民商量围封退化草原、禁牧沙化草原的事情，然而，牧民们还是不接受他的观点和理论。

1986年，廷·巴特尔在萨如拉图雅草原上做出了惊人之举，把他和妻子辛辛苦苦养的60多只羊全部卖掉，用卖羊钱买回网护栏，圈起300多亩草场，一年后的实际效果更是让牧民感到震惊。廷·巴特尔家出栏一头牛收入1200元，别人家两头牛才卖1000元，这鲜明的对比使牧民们悟出一个道理：跟着廷·巴特尔干，没错。

一次次，廷·巴特尔被问到为什么要留在草原，他的回答很简单：“这里有我的用武之地。”

如今60多岁的廷·巴特尔虽然将嘎查的工作交给了年轻人，但依然向牧民传授自己养畜、种草、种树的经验。他说：“草原生态建设没有完成时，要更好地保护草原，让牧民尽快富起来，把牧区建设得更美好。

**思考题**

同学们，廷·巴特尔当时没有返城是出于怎样的初心？请你尝试描述廷·巴特尔是通过怎样的方式带领牧民走向富裕的？

扫描二维码，收听优秀共产党员的故事

诵读人

**张 伟**

## 张 伟

浙江传媒学院教授，国家级普通话测试员、播音指导、演播艺术家，曾在省级媒体任职多年，有声创作包含播音主持、演播、影视配音等领域。现主要从事教学工作。

# 谭千秋

## ——用生命给学生上了最后一课的人民教师

如今，一座由湖南援建、以谭千秋名字命名的中学在地震灾区四川德阳旌阳区拔地而起，校园里的谭千秋雕塑令人肃然起敬。

2008年5月12日的那个下午，四川省德阳市汉旺镇东汽中学政治教师谭千秋正在给同学们上课。正当讲到课本的精彩之处，突然间课桌椅开始抖动，紧接着整间教室都剧烈摇晃起来。谭千秋意识到“地震了”，他马上喊道：“同学们，地震了！大家快跑，什么都不要拿！快跑！”同学们迅速地跑出教室，向操场跑去。

东汽中学距离震中仅30多公里，地震来临的几秒钟内，教学楼就在摇晃中开始坍塌。很多同学来不及跑出教室，砖石就开始掉落。在剧烈的摇晃下，很多同学难以保持站立、跑步的姿势。建筑物撑不了多久，眼见石块将要掉落，还在教室的谭千秋迅速作出决定，他把剩下的4名同学拉到了课桌底下，自己却弓着脊背，双手撑着桌子，以自己的身躯紧紧地护住桌下的4名学生。水泥板、石块重重地砸落在他的身上……地震中，东汽中学沦为了废墟。当次日前来营救的官兵们搬走压在谭千秋身上最后一块水泥板时，禁不住热泪盈眶。废墟下的谭千秋，身体呈现保护的姿态，双臂如同雄鹰展开双翅一般，身体伏在课桌之上，护着桌底下的4名学生。50多岁的谭千秋，用自己的躯体，为他们撑起了一把“保护伞”，为那4名学生换来了生的希望。谭千秋用生命诠释了“师者之魂”！

1957年出生于湖南衡阳的谭千秋，深信只有知识才能改变命运。他学习非常刻苦，村民都将他作为“勤学楷模”教育孩子。1978年，谭千秋以优异的成绩考入湖南大学政治专业学习；1982年，大学毕业后，学校准备让他留校任教，当学校领导征求他的意见时，他却主动请缨：“我要到祖国最需要的地方去！”毕业后，他被分配到四川绵竹东方汽轮机厂工作，先后在东方汽轮机厂的职工大学和东汽中学任教。在那里，他一扎根就是26年。他常对学生说：“做人最重要的是要有社会责任感。”在地震中，他毫不犹豫，用生命践行了对学生的教诲。

谭千秋的女儿谭君子当时正在北京大学上学。得知消息后，她第一时间赶回家，却只见到了父亲的遗体。后来她说：“我虽然很舍不得父亲，但我更为他感到骄傲！”

**思考题**

同学们，如何理解把生死置之度外的奉献精神？请以谭千秋老师为例，说说你的感受。

扫描二维码，收听优秀共产党员的故事

诵读人

**志　远**

**志　远**

国家级精品儿童节目制作人、长春广播电视台节目制作人、吉林省教学研究会理事、教师诵读培训导师、志远读书创始人、配音演员、未来剧社成长导师。参与配音作品：动画片《马达加斯加》《网球王子》等；译制片《地狱男爵》《绝地追凶》等；港片《有情饮水饱》《恋爱告急》等；儿童节目《90故事城堡》连续7年被国家广电总局评选为全国精品儿童栏目。参与排演原创儿童舞台剧《零下120度》《白松塔》。

# 叶连平

## ——留守儿童的『摆渡人』

叶连平，1928年出生于山东青岛。18岁时，因为父亲在当时的南京美国大使馆做勤杂工，叶连平在那里学得一口流利的英语。1949年后，叶连平同几位居民一同开办夜校，给南京琅琊路社区做扫盲工作，一直做到1955年。

1965年，叶连平辗转来到安徽省和县卜陈镇。1978年，50岁的叶连平又一次走上讲台，成为卜陈学校的教师。叶连平记得当时带的是毕业班，班上48名学生，每天来上课的不到20人，孩子对家人说去上学，其实是跑出去玩。叶连平用了45天的时间，对48名学生一一家访，把孩子们一个个找回课堂。

叶连平把学生按照自然村分成5个组，自己提着马灯，一天一个组地跑到村里辅导学生。许多个夜晚，叶连平提着这盏马灯走在和县的乡间地头，为学生们带去希望之光。那一年，他班上有11人考上中专，成为全镇中考成绩最好的班级。

2000年7月，已经退休的叶连平看到村里的留守儿童无人辅导作业，这些孩子英语基础普遍薄弱，他便把自家的一间房屋腾了出来，义务给孩子们辅导功课。这一补，就是20年。其间，无论哪个孩子家里困难或者离学校比较远，都可以在叶连平家免费吃住。

每个暑假，叶连平还会自费包车带他的学生去附近城市的博物馆、科技馆、烈士陵园参观。叶连平说："只要看到这些乡村孩子在公开场合用英语和别人交流，我就有一种成就感；只要看到孩子们在博物馆里专注的神情，我就知道，又一颗爱国的种子正在萌芽。”

一次，一个学生在作业中把“中国”的英文单词写成了小写。叶连平用了很长时间给学生解释必须大写的原因：“任何一个国家的名称，在英文里都要大写，这是对祖国热爱的体现。”叶老师用这种办法，不但讲清了专用名词和普通词语的区别，也是在讲一堂爱国主义教育课。

叶连平把省下来的每一分钱都用到孩子们身上，对自己却非常苛刻。一件几十年前的棉袄，已经打了多处补丁，他至今还在穿。2012年，叶连平又拿出2万多元积蓄，在社会各方的支持下，成立了“叶连平奖学基金”，用于奖励优秀学生、资助困难学生。

“我希望呼出的最后一口气，是在讲台上。”这是叶连平自我鼓励的话，也是一个老党员对留守儿童作出的承诺。

**思考题**

同学们，在接受媒体采访时，90多岁的叶连平总是谦虚地称自己是只『萤火虫』，结合他的故事，你怎么看待叶连平这么称呼自己？

扫描二维码，收听优秀共产党员的故事

诵读人

**甄　珍**

**甄　珍**

安徽广播电视台一级播音员，曾多次获安徽广播电视奖广播播音与主持类、文艺类一等奖。主持节目：安徽故事广播《我在陪伴你》。

# 于漪

## ——以民族精神铸学生脊梁

于漪，这是一个在谈到新中国语文教育思想变革时不得不提的名字，也是无数中国教师心中的偶像。近70年的从教生涯，于漪用“站上讲台就是生命在歌唱”的精神走出了自己的语文教学之路。“教文育人”“德智融合”等主张在全国产生重大影响，被誉为“育人是一代师表，教改是一面旗帜”。

开设公开课近2000节、培养三代特级教师、著述数百万字……如今已年过90岁高龄的上海市杨浦高级中学名誉校长、“人民教育家”于漪，依然以奋斗姿态站在教育改革和教师培养最前沿，践行着“让生命与使命同行”的铮铮誓言。

在她教过的学生中，有人在毕业十几年、几十年后，还能整段背出她当时在课堂上讲过的话。“流利动听，如诗一般，没有废话，入耳入心。”于漪的学生、原上海闸北区第二中心小学校长葛起裕说。于漪的语文课，就是有这样的魔力。

作为新中国培养的第一代语文教师，于漪带着人民教师的初心和改革创新精神不断探索语文教育的“秘密”。

1978年初，报告文学《哥德巴赫猜想》发表，兴奋的于漪找到学校数学老师，告诉对方：“这是了不起的成就，我们唱个‘双簧’，你给学生讲陈景润的科学贡献，我讲陈景润为科学献身的精神。”

这正是于漪“教文育人”思想的体现。在她看来，语文不仅是教孩子理解和运用语言文字，更是在建设他们的精神家园，塑造其灵魂。进入新世纪，于漪提出语文学科要“德智融合”，即充分挖掘学科内在的育人价值，将其与知识传授能力的培养相融合，真正将立德树人落实到学科主渠道、课堂主阵地，加强教师的育德能力，获得全国教育界高度认可。

到了耄耋之年，于漪研究起了周杰伦和《还珠格格》。因为她发现，孩子们都被他们“圈粉”了，而自己喜欢的一些比较资深的歌手却很难引起学生共鸣。有学生直言：“周杰伦的歌就是学不像，好就好在学不像。”

这让做了一辈子教师的于漪心头一震。“我们想的和学生想的距离有多大啊！”她认为，一名好老师，就要有能力走进学生的生活世界和心灵世界。

“教育绝不能高高在上，一定要‘目中有人’。”

走进学生的内心，是为了点亮一盏明灯。“教师的工作应该是‘双重奏’，不仅自己的人生要奏响中国特色教育的交响曲，还要引领学生走一条正确健康的人生路。”

在新教师培训中，于漪多次引用英国小说《月亮与六便士》来阐明观点：首先心中要有月亮，也就是理想信念，去真正敬畏专业、尊重孩子，还要有学识，如此才能看透“六个便士”，看透物质的诱惑。“满地都是便士，作为教师，必须抬头看见月亮。”

走进学生的内心，还必须“一辈子学做教师”。“庸医杀人不用刀。教师教学出了错，就像庸医一样，是在误人子弟。”于漪告诉青年教师，最重要的是在实践中不断攀登，这种攀登不只是教育技巧，更是人生态度、情感世界。

从教生涯中，于漪总是想方设法地让青年教师尽快成长。她首创教师与教师的师徒“带教”方法，让一批批青年教师脱颖而出，并形成了全国罕见的“特级教师”团队。

教师这个职业，寄托着于漪一生的追求与热爱。她说：“我甘愿做一块铺路石，让中青年老师‘踏’过去。”

当教育功利化现象愈演愈烈，家长忙于带孩子参加各种各样的校外补习班，学校只盯着升学率的时候，她呼吁：“教育不能只‘育分’，更要教学生学会做人。要教在今天，想在明天。”

当看到小学生写下“祝你成为百万富翁”这些“毕业赠言”时，于漪感到忧心。“‘学生为谁而学、教师为谁而教’，教育工作者应该在学生的学习动机和动力方面多下点儿功夫。”

于漪还认为，中国教育必须有自己的话语权。她多次撰文说，任何国家的教育，特别是基础教育，必须传承本民族的优秀文化，弘扬民族精神，培养为本民族、本国建设服务的人才。眼光向内，不是排斥国外，而是立足于本国，以我为主。

于漪从未离开讲台。她臂膀单薄而一身正气，始终挺着中国教师的脊梁。于漪说：“当我把生命和国家命运、人民幸福联系在一起的时候，我就觉得我永远是有力量的，我仍然跟年轻人一样，仍然有壮志豪情！”

**思考题**

同学们，请以《我的老师》为题，写一写你最敬仰的那一位老师吧！

扫描二维码，收听优秀共产党员的故事

诵读人

**聂　梅**

## 聂　梅

江苏文艺广播读书节目《聂梅的有声书房》、小说连播节目《经典阅读》主持人，2003年被评为“全国百优主持人”。至今已演播过数十部各种题材、类型和风格的文学作品。2010年被评为“全国演播艺术家”。

# 孟二冬

## ——育人治学，直至生命最后一刻

在新疆石河子大学的一块草坪上，静静地矗立着一座雕像。学校师生每每走过，总会放缓脚步，深深怀念起这位育人治学直至生命最后一刻的质朴师者——北京大学援疆教师孟二冬。

孟二冬，1957年出生。1980年，孟二冬专科毕业后被择优留校，成为一名老师。此后，他求学的脚步并未停歇，十余年中，他三进北大，走过了进修学习、攻读硕士学位和博士学位的求学历程。1994年，博士毕业的孟二冬留在北大中文系任教。此后的十几年中，孟老师形成了严谨的授课风格：备课缜密周详，课前静坐“过电影”，课后“回放”找得失。除了教材内容，他还查阅大量古籍，补充大量的考证资料。每个问题的来龙去脉、每个论点的论据都有翔实的文献资料作支撑。因此，他讲课能驾轻就熟，深入浅出，突出重点和难点。孟老师每次上课都会早一点儿到，下课后也会晚一点儿走，希望与学生有更多的交流时间。他从不对学生发脾气，课上课下，学生们看到的孟老师，是一位博学而又酷爱运动、儒雅而又专注学术、敬业而又热爱生活的老师和朋友。在学术上，他勤勉踏实、孜孜以求，尤其是历时7年艰苦研究完成的具有重要史料价值的《登科记考补正》，得到了文学界和史学界的高度评价。

2004年3月，为支援新疆高等教育事业发展，孟二冬来到石河子大学中文系，进行支教工作。旁征博引、文采飞扬，隽永的板书、浑厚的嗓音，是他留给学生们的第一印象。可没过多久，孟二冬的嗓子开始沙哑，还常伴着剧烈咳嗽……在老师们的再三要求下，孟二冬到当地医院检查。

医生立即对他下达了“禁声”命令，但第二天，他又站到了讲台上。

2004年4月26日，教室里座无虚席，学生们眼含热泪，聆听孟教授的最后一课。此时孟二冬说话已非常困难，额头上的汗珠一滴滴往下淌。“因为嗓子不好，影响了……教学效果，大家多原谅。”当下课铃响起，孟二冬向学生们鞠了一躬：“同学们，虽然课……完了，但学习……没有……止境，做学问……要甘守……寂寞。板凳甘坐……十年冷，文章……不写……一句空。”

两天后，孟二冬的诊断结果出来了：食管恶性肿瘤，肿瘤直径达3.7厘米，乒乓球大小。主治医生十分吃惊：“这么大的一个肿瘤卡在咽喉要道上，别说讲课了，就连出气儿都非常困难。”

随后，他做了3次大手术，每次都与死神擦肩而过……

然而，直到生命的最后时刻，他最惦记的还是远在边疆的学生。他买了全套的《全唐文》《十三经注疏》等书籍，还让人刻录了200张古籍资料文献光盘，送给学校的老师和学生。

2006年4月22日，49岁的孟二冬因医治无效，永远离开了他挚爱的讲台和学生。他被授予全国五一劳动奖章，被追授为“全国优秀共产党员”。

**思考题**

同学们，孟二冬是一位普通的人民教师，但他为人师表的高尚品德却感染了许多人。请谈谈你对『春蚕到死丝方尽，蜡炬成灰泪始干』诗句的看法。

扫描二维码，
收听优秀共产
党员的故事

诵读人

**李亚萍**

**李亚萍**

新疆人民广播电台播音员、主持人、播音指导，国家级普通话水平测试员，全国青少年语言艺术素质高级测评员，兵团朗诵协会艺术总监，新疆艺术学院戏剧影视系播音与主持专业客座教授，研究生导师。70年70人·杰出演播艺术家。

# 库尔班·尼亚孜
## ——民族团结进步的践行者

出生于1964年的库尔班·尼亚孜是新疆阿克苏地区乌什县依麻木镇小学校长。他是依麻木镇走出的第一个大学生，大学毕业后，他走遍了大半个中国。可当他回到家乡，看到的却是乡亲们贫穷的面貌和落后的思想。

有一次，他看见一位老奶奶带着患病的孙女去药店买药，他告诉老奶奶，孩子需要进一步治疗，却遭到了老奶奶的斥责："别人是妒忌我的孩子漂亮，遭到了诅咒才变成这样的。"这件事深深地触动了他。

多年前，在乌什县懂得国家通用语言文字的人很少，大多数群众也因此对外面的世界一无所知。在他们眼里，世界往往就是几亩地、几只羊。库尔班·尼亚孜说："语言不通是制约边疆地区发展的最大障碍，决不能让它再困扰下一代，必须要让孩子们学好国家通用语言文字，接受更高层次的教育。"

2003年，他拿出全部60万元积蓄，在依麻木镇创办了幼儿园和小学。

办学之初，是一片嘲笑声、责骂声，甚至有人说："库尔班是骗子，办学校是假，挣钱才是真的。"正式分班教学第一天，库尔班才发觉自己想得太天真了，学生听不懂老师在说什么，不到两分钟教室就乱成一团。库尔班担心留不住老师和学生，便到87个孩子的家里逐一家访，并向家长承诺："学费一分钱都不用掏，两个星期如果教不好，我白给你600元！"

就这样库尔班有了第一批学生，令他高兴的是，随着国家通用语言文字的全面推行，在每一个农村家庭中，孩子已经成为当之无愧的国家通用语言学习“小教员”。

学校自行编写中华文化教材、开设国学课堂、设立孔子像、教孩子们读唐诗、唱京剧、练书法……库尔班·尼亚孜要让孩子们从小在心里种下民族团结的种子，加深他们对国家和民族的认同感。

十几年来，在各级党委、政府的支持和帮助下，他创办的依麻木镇小学从最初的2名教师、87名学生，发展到今天的40余名教职员工、700余名学生，历届毕业生考入新疆区内初中班的录取率达到87%。2016年，毕业生穆萨·图尔贡以701分的优异成绩，成为全县第一个考上清华大学的学子。

库尔班·尼亚孜说：“我们的教育事业，就是要让孩子们走出封闭的天地，走向外面的世界，用知识改变命运。”

思考题

同学们，库尔班·尼亚孜说：『语言不通是制约边疆地区发展的最大障碍。』你怎么看待这个说法？从库尔班的做法中，你看到了哪些情怀？

扫描二维码，
收听优秀共产
党员的故事

诵读人

**晓　茹**

**晓　茹**

青岛故事广播主持人，小说演播者。演播作品有《婆媳一家欢》《婚刺》等。曾为多部影视剧配音。

# 张华

## ——富于理想、勇于献身的优秀大学生

1982年7月11日，西安市灞桥区新筑乡，一位69岁的老人魏志德在公共厕所疏通粪便时，被沼气熏倒，落入粪池。正在街上办事的张华听到呼救声，他扔下携带的物品，立刻跑到出事地点，拦住正准备施救的其他群众，毫不犹豫地下到3米深的粪池内，奋力抢救魏志德。

由于粪池中充满浓烈的沼气，张华被沼气熏倒在粪池中，因严重中毒窒息，抢救无效，光荣牺牲，年仅24岁。

张华，1958年出生在黑龙江省虎林县（今虎林市）。1977年参军，1979年秋，张华以原沈阳军区空军系统第一名的成绩，考取了第四军医大学空军医学系。

张华的朋友在讲起他的故事时，都会说：“张华是个热心人。”在学校，他利用假期办小报，宣传学校里的好人好事；在火车站，他看到有的旅客带很多行李步履艰难，便主动帮助。

一次，在公共汽车上，张华发现一个小偷在行窃，他挺身而出，喝令小偷将偷来的钱包交还。

有一年暑假，张华回家探望父母，正赶上当地遭遇山洪，他只和父母打了个照面，转身就上了工地，参加抢险救灾。

张华牺牲时正在读大三，他的事迹在全社会产生了强烈反响，引发了一场“大学生救掏粪老农到底值得不值得”的关于人生价值如何衡量的大讨论。

张华会怎么看待自己引发的讨论呢？张华的好友董希武回忆起这样

一段故事，张华曾经对他谈起过邵小利，邵小利是一名大学生，在20世纪80年代抢救落水儿童牺牲，当时社会上有人认为，邵小利用一个大学生的性命去换取一个小学生的生命，不合乎价值规律，张华对董希武说：“这是他们的算法，这种计算方法是错误的、庸俗的，落后于起码的文明道德。我如果碰到邵小利碰到的事，我决不去计算价值，人和动物的区别，就体现在这些地方！”没想到说完这句话后十几天，张华就实践了自己的信念。

如今张华已经成为第四军医大学的一个象征。在第四军医大学校园内，张华的铜像坐落在如茵的草坪上，雕像的眼光炯炯有神，注视着来来往往的学弟学妹。每年入校的新生都会被带到张华的铜像前举行宣誓仪式，成为新生入学教育的一个重要内容。张华生前所在的班被命名为“张华班”，一个表彰先进的奖杯叫“张华杯”，在全校各学员队间流动。

**思考题**

同学们，大学生救掏粪老农到底值得不值得？你怎么看待生命的价值？

扫描二维码，收听优秀共产党员的故事

诵读人

**何广林**

**何广林**

湖北广播电视台播音指导，湖北省朗诵艺术家协会副会长。1999年获中国播音与主持作品一等奖，2003年获中国播音与主持作品一等奖，2011年获中国播音与主持“金话筒”奖。

# 景海鹏

## ——三次『出征』太空的航天员

景海鹏，1966年出生于山西运城。他是中国人民解放军航天员大队特级航天员，少将军衔，他曾3次“出征”太空，3次执行任务总飞行时间长达49天，是在太空飞行时间最长的中国人，也是飞行高度最高的两个航天员之一。

上高中时，偶然看到一张飞行员照片的景海鹏，萌生了“我要当飞行员”的志向。得知航天员选拔的消息后，已经当了13年飞行员的他，又开始憧憬“力争成为一名航天员”。

1998年1月，景海鹏如愿成为中国首批航天员。面对五星红旗，他庄严宣誓：“……甘愿为载人航天事业奋斗终生！”

从那时起，飞天便成为他的梦想。从入选首批航天员后到首次飞天前的10年间，他就是这么过来的——每天6点半起床，吹一会儿长号，8点开始训练，一直到中午12点，午饭后又从下午1点训练到6点。晚上用来写当天的总结和安排第二天的训练。躺在床上，还会闭上眼睛把当天的训练过程在脑海里过一遍。景海鹏几乎没有在晚上12点之前睡过觉，也没有耽误过一天训练。

要成为一名合格的航天员，要进行8大类上百个课目的学习、训练与磨砺，每一项训练都挑战着人体的生理、心理极限。比如在进行离心机训练中，身体要承受8个G的过载，8个G是什么概念？相当于自身重量的8倍压在身上。而且在这个过程当中，还要进行其他方面的操作。当身体扛不住的时候，可以按左手边上的红色按钮，它可以让高速旋转的离心机立马停下来。他当航天员将近20年里，从没有因为忍不住、扛不住而轻易按下这个按钮。

2008年9月25日，“神舟七号”载人飞船成功进入太空。任务中，翟志刚、刘伯明、景海鹏密切配合，圆满完成我国首次空间出舱活动。

2012年6月16日，“神舟九号”载人飞船成功进入太空。任务中，景海鹏、刘旺、刘洋通力合作，圆满完成我国首次载人空间交会对接。

2016年10月17日，“神舟十一号”载人飞船成功进入太空。任务中，景海鹏、陈冬在太空完成33天中期驻留，为后续的中国空间站建造运营奠定了更坚实的基础。

还会不会再飞？ 3次[①]飞天的景海鹏不止一次面对这样的问题。每次，他总会说：“作为一名航天员，我会时刻准备着接受祖国的再次挑选。”

**思考题**

同学们，景海鹏所从事的是一项专业性极强的工作，对于这样的工作，应该用什么样的态度去面对、去做好呢？

扫描二维码，收听优秀共产党员的故事

诵读人

**黎　江**

**黎　江**

中央人民广播电台播音指导，长年担任《新闻和报纸摘要》《全国新闻联播》主播。全国播音专业高级职称评审委员会委员。中国传媒大学特聘教授、国家级普通话水平测试考官。曾荣获播音与主持作品政府奖一等奖、中国新闻奖和中国广播奖特别奖，参加国庆35周年焰火晚会现场直播、国庆50周年焰火晚会现场直播。

①2021年4月8日，“未来讲堂——讲述优秀共产党员的故事”开讲。在此之前，景海鹏已完成3次飞天任务。2023年10月31日，“神舟十六号”载人飞船返回舱在东风着陆场成功着陆，载人飞行任务取得圆满成功。航天员景海鹏完成第4次飞天任务。

# 叶培建

## ——探月『追梦人』

叶培建，1945年出生。他是我国嫦娥系列月球探测器研制团队的“大专家”，是无数年轻人心中的“主心骨”。从“资源二号”到“嫦娥一号”，从圆梦月球到逐梦火星，有他在，“发射不紧张、队员吃得香”。他为中国航天事业尤其是空间事业兢兢业业奉献50余年，矢志“为人民服务、做人民的科学家”，一生硕果累累，功勋卓著。

取得如此骄人的业绩，靠的是恒久的努力、奉献、担当与严谨无欺的科学精神。

2000年9月1日，中国“资源二号01星”发射升空。叶培建正准备飞往西安进行后期的监测。突然，叶培建接到电话：“卫星进入第二圈突然失去姿态，原因不明……”

叶培建当时脑袋“嗡”的一声。他事后回忆说：“我当时有个自私的想法，就是希望车能从山上掉下去，把我摔死。要不然国家花这么多钱研制的一颗卫星，在我手里出了问题，我怎么交代？”

不过，他很快冷静下来，立刻部署大家将精力集中在查找问题上。很快，问题找到了：是地面发出的一条不当指令让卫星姿态发生了变化。随后地面人员编写了抢救程序，当卫星再次过境时，向卫星发出指令，让卫星恢复了姿态。

这次事件，让叶培建深刻感受到航天事业中蕴含的重如生命的责任。

叶培建性子急，但每次在发射现场，却总是气定神闲。他在现场走来走去，跟这个聊聊，跟那个开开玩笑，让大家放松下来。团队的同事说，只要有叶总在，哪怕不说一句话，他们心里都踏实。

2013年，“嫦娥三号”进入发射场后，突然一台设备信号不正常，面临推迟发射的风险。叶培建研究后，向各方做了详细解释：这是现场塔架结构造成的信号干扰，不是设备故障。最终“嫦娥三号”按时发射。

叶培建在航天界是出了名的“直脾气”，以至于他经常告诫自己：说话要温和一点。但涉及科研问题，他认定有理的，决不让步。

我国“嫦娥工程”立项之初就定下一条惯例：每一个嫦娥探测器型号都要同时生产两颗，单数编号为主星，双数编号为备份。以防主星发射失败，能够在解决问题后，迅速用备份重新实施发射。

“嫦娥一号”发射成功后，关于备份星“嫦娥二号”去留的问题，出现了意见分歧。有关方面组织了一次专题会议，叶培建在会上据理力争：“只要花少量的钱，就能获得更多工程经验和更大的科学成果，为什么要放弃？”他的发言改变了“嫦娥二号”的命运。“嫦娥二号”在告别月球后，继续飞向深空。

当讨论“嫦娥三号”的备份星“嫦娥四号”飞向哪里的问题时，叶培建舍弃了“在月球正面软着陆”这一更为安全的方案，他主张做更难的事：飞向月球背面。全球还没有一个探测器落在月球背面，但月球背面的地质、资源、天文环境等都有极高的科研价值。2019年初，“嫦娥四号”成为人类首个着陆月球背面的航天器。

2019年9月29日，叶培建在人民大会堂被授予“人民科学家”国家荣誉称号，被授予这一称号的还有数学家吴文俊、天文学家南仁东、医学家顾方舟、核物理学家程开甲。如今，其他4位都已去世。说及此事，叶培建低下头，沉默了几秒钟，之后又说道：“所以，我也要替他们多做些事。”简单质朴的一句话，尽显一位共产党员可书之于浩瀚星空的博大情怀。

**思考题**

同学们，2021年5月15日，我们国家自主研发的『天问一号』着陆巡视器成功着陆于火星乌托邦平原南部预选着陆区，我国首次火星探测任务着陆火星取得圆满成功。请查询并记住那些功勋者的名字，并持续地关注他们。

扫描二维码，收听优秀共产党员的故事

诵读人

**阿　达**

**阿　达**

著名演播人，大学二年级开始为电视剧《西游记》（86版）《101次求婚》等配音。参与创办北京经济广播、北京音乐广播，参与创办中国第一次卡拉OK大赛等。主持代表作：《宝葫芦》《1026歌厅》《闲聊波尔卡》《金歌台》等。小说、广播剧演播作品：《王贵与安娜》《浪漫满屋》《七月雪》《爱情万岁》《新恋爱时代》《战长沙》《丁玲传》等。

# 叶聪

## ——深海“的哥”

1979年，叶聪出生于武汉市郊黄陂长江北岸的滠水河旁。自幼就对画图和设计充满兴趣的他，上中学时又迷上了理工科，《舰船知识》杂志是他当时最喜欢的读物之一。1997年，叶聪如愿以偿地考入了哈尔滨工程大学的船舶工程专业。

兴趣是最好的老师。他把自己大部分课余时间用在动手设计上。当别人在背专业课知识的时候，他在画图设计；当别人在教室上自习的时候，他还在画图设计；当别人周末休息时，他一头扎进图书馆，仍然在画图设计。

2001年毕业时，叶聪选择了江苏无锡的中船重工702所。这个选择对年轻的叶聪来说十分关键。第二年，“十五”863重大专项——“蛟龙号”立项。

当时所里项目少、收入低，一些大学生都跳槽了。而叶聪却沉下心来，努力钻研。他总是不厌其烦地去做一件事，并做到极致。

2003年，刚刚工作两年、年仅24岁的叶聪被任命为总布置主任设计师。他因此成为该项目最年轻的主任设计师。

在2005年以前压根没见过载人深潜器的他与团队成员一起，靠反复看公开发布的先进国家深潜器的图片白手起家，凭着自己的理解，坚持做设计图，一版不行，再来一版。他编写、绘制了大量的设计报告和图纸。在没有母型船提供参考借鉴的艰难环境中，潜水器最重要的设计图纸——每个设计阶段的潜水器总图，均出自他之手，从最初的草图到完工图，几年下来，叶聪已经修改了几百遍。

在参与“蛟龙号”设计、研制的过程中，他也深谙其结构和各部分的性能，为后来成为深潜试航员打下了坚实基础。

日后，他的身份不仅是“蛟龙号”最年轻的主任设计师，同时还是试航员，也是首席潜航员。

38米、50米、3757米、7020米……每一次下潜深度的突破，都展现着中国综合国力的提升。目前，拥有6000米以上深度载人潜水器的国家仅有中国、美国、日本、法国和俄罗斯。

在茫茫海底感受如何？3个人“匿身”直径2.1米的“蛟龙号”球舱，抬头不见天、低头不见底，蜷缩状态工作足足12个小时。这是对心理素质的极大考验。叶聪经历过2小时与母船失联，也经历过故障。有一次2000米处发生潜水器报警，有可能出现壳体漏水或短路。叶聪没有立即上浮，冷静地选择继续检测。类似的困难，叶聪和同事遇到过不少，他们拿到足够多的故障参数，为深潜积累了大量宝贵的数据。

2016年，中国全海深载人潜水器项目立项，37岁的叶聪挂帅总设计师，开始探索万米的太平洋海底。1万米，是超过珠穆朗玛峰高度的地球“负极”。

叶聪说：“这是探索边界的工作，无论是深度、温度、压力、浑浊水流，都面临极大难度和风险。”“蛟龙号”在7000米处的压力是700个大气压，而万米级载人潜水器还要增加400余个大气压，由此引起的高压、密封、腐蚀、绝缘等技术难题，对潜水器的结构设计、材料等，都提出了巨大挑战。而把一些指标做到极致，“从‘先进制造’到‘极限制造’，只有做得越多，才知道我们的极限在哪里”。

叶聪总是说自己是幸运的，欣逢中国从海洋大国走向海洋强国的历史机遇。之前，他一直默默准备着，如今，他始终努力奋斗着。

**思考题**

同学们，有这样一句话：机会总是属于有准备的人。请你结合叶聪的经历谈谈对这句话的理解。

扫描二维码，收听优秀共产党员的故事

诵读人

**罗　玲**

**罗　玲**

“阅读中国”阅读大使、保定播音朗诵协会会长。现在大学任教。从事有声语言创作30年。演播小说《今天我们为什么结婚》《婚姻诊所》《荣归》《花腰》等，并为影视、专题片及广告配音。热衷于公益事业，为听障儿童参与编写录制了《听觉障碍儿童言语康复训练》教材。2018年被评为“河北省阅读推广人”和“保定市阅读推广人”，发起并朗读了大型公益项目《罗玲老师读课文》。

# 孟祥飞

## ——『天河』守护人

不知道同学们是否注意到，进入新时代，科技创新逐渐成为一个热词、高频词。科技强则国家强。大国之间的竞争，本质是科技创新能力之争。因此，一批年轻的科学家走入了我们的视野，我们今天故事的主人公孟祥飞就是其中的一员。

孟祥飞，1979年出生，国家超级计算天津中心党支部书记、应用研发部部长。立足于“天河”系列超级计算机应用技术的研发与开拓，他和科研团队通过创新驱动发展的“超算模式”，开拓了超级计算机在产业、科研、学术等领域的创新能力和应用能力，使“天河”超级计算机成为名副其实的“国之重器”。2016年，他成为“十三五”国家重点研发计划高性能计算领域最年轻的项目首席。

“天河一号”诞生前，中国被排除在世界顶尖超算榜单之外。这是孟祥飞心里的隐痛与不甘。那时候国内超算资源稀少，他一直梦想有一天能用上中国自己的超算。2009年，从南开大学物理学院毕业后，孟祥飞加入国家超算天津中心筹备组。那时，位于天津开发区内的国家超算天津中心办公楼还是毛坯房，粉白的墙、水泥地面、电缆和网线裸露在外。但与心中灼热的梦想相比，孟祥飞对这一切都不以为意。他说：“我看到了中国超级计算发展的光明未来。我心中只有一个目标，一定要让‘中国创新’镌刻在世界速度之巅。”

创业是艰辛的。“天河一号”系统运行之初就实行“7天 ×24小时”工作模式。往往是这样，工作到深夜，困了，孟祥飞和同事就在大纸箱上合衣睡下……

仅用7个多月，完成了机房基础建设；仅用3个月，“天河一号”安装与调试告成。持续速度每秒2570万亿次浮点运算、峰值速度4700万亿次；运算1小时，相当于全国13亿人同时计算340年以上……“天河一号”问鼎全球超算桂冠，在2010年第36届世界超级计算机500强排行榜上名列榜首。中国成为继美国、日本之后第三个获得这项桂冠的国家。

听到这一消息，孟祥飞热泪盈眶。一个年轻科学家由此看到了奋斗的价值，以及理想的光芒。

不过，质疑的杂音也接踵而来。“有一种说法，认为‘天河一号’是一台大‘游戏机’。”如何让它“中看又中用”？孟祥飞和他的团队选择直面这一挑战。他们试图在平台上搭建一个有关“药物筛选分子动力学模拟”的软件，以大幅度提升新药研发进程。为解决软件部署上遭遇的难题，孟祥飞像“大海捞针”般攻关，不分昼夜地在几十万行代码中逐行排查，经过20多个昼夜上万次测试，终于将一个不起眼的变量“揪”出，完成了软件部署。

“天河一号”支撑的各类重大重点项目超过1600项，每天完成计算研发任务近万项，这一规模是欧美超算中心的2到3倍，高峰时段还要排队。“天河一号”支持了众多世界一流研究成果以及产业技术实现突破，真正做到了“中看又中用”。

面对用户量的激增及更新换代需求，我国开启了以“天河三号”为目标的超算新征程。新超算依然布局在国家超算天津中心，孟祥飞为主创团队主力。根据规划，其浮点计算处理能力达10的18次方，是现在“天河一号”超算的200倍。

孟祥飞和他的团队，带着梦想，再次启程。

**思考题**

同学们，梦想引领人生。你们有没有自己的梦想？请思考：为了实现这一梦想，你们现在需要做哪些准备？

扫描二维码，收听优秀共产党员的故事

诵读人

**江　宁**

**江　宁**

北京广播电视台新闻节目主持人，主任播音员。凤凰卫视、BTV等纪录片解说，有声书代表作《四海鲸骑》《借命而生》等。

# 黄大年

## ——心有大我 至诚报国

“人的生命相对历史的长河不过是短暂的一现，随波逐流只能是枉自一生，若能做一朵小小的浪花奔腾，呼啸加入献身者的滚滚洪流中推动历史向前发展，我觉得这才是一生中最值得骄傲和自豪的事情。”这是黄大年在入党志愿书中写下的话。

黄大年，1958年出生，生前担任吉林大学新兴交叉学科学部首任学部长，地球探测科学与技术学院教授、博士生导师。

他所研究的领域我们可能会感到很陌生，但却十分重要。近年来，全球都面临着地表浅层的矿藏“资源枯竭”的问题。向地球深部要资源，成为世界各国科技竞争的一个制高点。

此前，黄大年在英国工作了18年，从事的正是通过快速移动平台，对海洋和陆地复杂环境实施精确探测的技术研发，是这个领域享誉世界的科学家。2009年，黄大年放弃国外的优越条件回到祖国。

2010年，科技部一个航空重力梯度仪的项目找到黄大年，他说：“这是关系国家战略安全的重大研究，我愿意做。”

在外国长期对华封锁的情况下，中国想要在这一领域取得突破非常艰难。黄大年跑遍了与航空重力梯度仪研究相关的科研院所摸“家底儿”，然后把自己关进办公室。

入夏时节，黄大年穿着T恤衫、大短裤，坐在屋子中央，专注地在电脑上敲着字，核对数据；中午，大家去食堂，他盯着电脑喊一声“两个烤苞米”，没有烤苞米，他就从书包里掏出两个面包。晚上，别人都休息了，他坐着午夜航班出差，飞机上还在改PPT……

很多人不明白他为什么要这么拼，黄大年说：“中国要由大国变成强国，需要有一批‘科研疯子’，其中能有我，余愿足矣！”

黄大年作为主持“地球深部探测关键仪器装备项目”的首席科学家，掌握着5亿多的科研经费，向他来要项目的人不少，但他从不徇私情，而是放眼全国，寻找最适合的科研单位一同攻关。

在黄大年的心中，“国家利益”是唯一的标准。在他的感召下，很多海外科学家也都选择了回国报效。

回国短短7年，黄大年带领400多名科学家创造了多项“中国第一”，为我国“巡天探地潜海”填补了多项技术空白。其中，航空重力梯度仪的研究，更是仅用5年时间就完成了西方国家20多年走过的路程。在他的推动下，2016年9月，一个辐射多学科的科研特区“交叉学科学部”在吉林大学初步形成，而极度透支的7年，却让黄大年的健康亮起了红灯。

2016年12月8日，黄大年因胆管癌住进医院。在病床上，他还不忘和同事、学生讨论科研进展。2017年，黄大年在长春去世，年仅58岁。回望他的一生，再去看他入党志愿书上的那段话，仿佛看到那朵浪花在奔腾，呼啸加入献身者的滚滚洪流中推动历史向前发展。

**思考题**

同学们，你怎么看待黄大年入党志愿书中说的话？

扫描二维码，收听优秀共产党员的故事

诵读人

**王 涛**

**王 涛**

中国播音主持“金话筒”奖（人物）获得者。上海文广新闻传媒集团东方广播中心首席播音指导，上海广播电视台、上海东方传媒集团有限公司播音主持业务指导委员会委员，上海广播电视协会“播音主持委员会”副会长，国家艺术等级考试“朗诵类”考官，国家语言艺术专业考级工作专家指导委员会委员，上海市语言文字工作者协会理事，市语协儿童语言发展专委会副主任，上海朗诵艺术等级考试专家委员会成员。

# 苏宁

## ——舍己救人 献身国防

1991年4月21日上午，原沈阳军区某炮兵团进行手榴弹投掷。现场督导的就是团参谋长苏宁。十三连顺利投完后，该十二连投了。

苏宁下达命令："十三连连长李印全，你做观察员，十二连连长修柏岩先投。"听到指挥员下达"投弹"的指令，李印全抱头下蹲。可刚蹲下，就听投掷手榴弹的修柏岩一声喊，原来他挥臂过猛，投出的弹体碰撞在堑壕后沿，正好滚落在李印全脚下，李印全当时就傻了。

这时，身后的苏宁边喊"趴下"边冲了上来，推开修柏岩，从李印全腿下扒出手榴弹就往外撇。然而，手榴弹尚未出手就发生了爆炸。

"参谋长！"回过神儿来的李印全大喊着，看到苏宁已经倒在血泊中……

两名战友得救了，苏宁却身负重伤，经抢救无效光荣牺牲，年仅38岁。

每当李印全回忆此事时，他都会说："此前，参谋长曾两次在别人投弹失误的时候成功处置。因为他知道手榴弹爆炸的时间，能推算出是否能成功。这一次，他应该也知道的，可他依然这么选择。"

苏宁的母亲曾经在苏宁牺牲后不久对媒体说："儿子一个人的死，换来了两个人的生，一个母亲悲痛，换来两个母亲不痛苦，我觉得宁宁死得很有价值！"

这些年，李印全每次去看望老人，问问老人有什么要求。老人总说不用，安安稳稳工作就行，把工作干好比什么都强。

如今，当年苏宁牺牲的地方，已用大理石铸起一块银灰色的纪念碑。官兵们不仅学习苏宁舍己为人的精神，更学习他作为一名军人刻苦钻研为军事现代化做的努力。

从1981年到1991年4月，苏宁自己完成和参与研制的改革有16项。他研究现代战争，撰写了70多篇学术论文，成果有的在全军属于首创，有的填补了我军军事研究的空白，受到专家高度评价。就在苏宁牺牲前的那段时间，他还在与科研单位共同研制激光火炮测速仪——一项提高火炮射击精准率的先进技术。

在原苏宁所在团，有苏宁班、苏宁连，还有苏宁奖章评比。火炮技师赵其杰从一名普通的战士成长为全团、集团军，乃至全军有名的修理“大拿”。他发明改良的火炮通用退弹器，获全军科技进步三等奖，将原来火炮卡弹后需要8到10人至少两小时排除的工作，改变为只需一两个人10分钟就可以处理完毕，不仅危险系数降到最低，而且适用于多种带伸管发射的装备。赵其杰说，苏宁精神对他影响很大：“老参谋长也是学历不高，但为提高部队战斗力服务，和学历、和岗位没有关系，每名官兵都有责任。”

**思考题**

同学们，你觉得苏宁精神有什么不同的内涵？

扫描二维码，收听优秀共产党员的故事

诵读人

**于　浩**

## 于　浩

北京广播电视台新闻广播《主播在线》《成长日记》主播。中国当代语文教学专业委员会理事，中华文化促进会主持人专业委员会常委。曾多次主持全台大型活动、文艺晚会。

# 史光柱

## ——失去光明后给别人带去光明的战斗英雄

“我永远忘不了我的战友，秦安金。一枚子弹击中他的脸颊，我命令他下阵地，他说不出话，却重重地在我胸口打了一拳，迅速移动位置掩护我们继续战斗，直至壮烈牺牲……”

回忆起牺牲的战友，史光柱总是会这么说：“我在战场上不是最勇敢的，但是战友们的行为感染了我，使我变成了一个勇敢的人。”

1963年，史光柱出生在云南，从18岁参军入伍后，他遇到了一个个“忘不了的战友”，也从一个普通青年变得越来越勇敢。在一次战斗中，他用敌人的炸药炸敌人的碉堡，右眼被弹片击中，左眼球被炸出眼眶，史光柱把眼球塞回眼眶继续战斗。

战斗结束后，史光柱的眼睛失明了，他把自己埋在被子里失声痛哭，一度想要轻生。1984年，荣立一等功并获得“一级战斗英雄”荣誉称号的史光柱从战场回到家乡。身体恢复后，他随英模报告团在全国各地巡回演讲。

史光柱说他那时完全是“赶鸭子上架”，每次演讲都想起牺牲的战友，根本不愿意讲。一位领导的话惊醒了他：“你现在活着不是为了自己。那么多战友牺牲，说白了，他们都是附在你身上的魂魄。你不讲，他们不答应！”

在之后的30多年里，史光柱将战友的故事讲给更多的人听，还把自己在部队学到的一切通过笔端传递出去，这成了他活下去向前走的动力。仅有初中文化的他买来收音机，收听文学讲座，走上自学之路，还成为全国第一个获得学士学位的盲人。他发表了大量诗歌、散文，出版了《眼睛》《背对你投下黑色的河流》等10部诗文集。讴歌祖国、纪念英雄是他大部分作品的主题。

史光柱从来没有忘记他的战友们，从战场归来的第三年开始，他马不停蹄地去探望牺牲战友的家人。在云南的一个山区，史光柱发现牺牲战友贺荣光家中十分贫困，他立刻把身上的全部现金50多元拿了出来。这是他当时一个月的工资。从这时起，史光柱开始关注更多的烈士家庭和伤残军人。他意识到，因为地区发展差异，他们中的有些人需要帮扶。2014年，史光柱拿出一部分稿费和工资注册成立了北京助残爱心公益促进会，后来又成立了中国大爱联盟网。史光柱带领身边的爱心人士举办“大爱万里行”健康讲座，让残疾人士在家门口学习保健防病知识；在参加边境作战人员最多的省份，开展帮扶烈属、伤残人员和困难老兵系列救助活动。

他被中央军委授予“战斗英雄”荣誉称号，获得“全国自强模范”荣誉称号，荣立一、二、三等功5次。

**思考题**

同学们，史光柱都用哪些方法在纪念他的战友们？怎么理解『战友们的行为让史光柱变成了一个勇敢的人』？

扫描二维码，收听优秀共产党员的故事

诵读人

**肖　霞**

**肖　霞**

黑龙江广播电视台播音指导，中国广播电视播音主持金话筒奖获得者，小说演播艺术家，国家级普通话水平测试员，70年70人·杰出演播艺术家。

# 张超

## ——梦向深蓝 志在海天

从初教机到高教机，从二代机到三代机，从陆基飞行到舰载飞行……海军某舰载航空兵部队原一级飞行员张超先后飞过8种机型。直到生命的最后一刻，他最割舍不下的仍然是飞行。

1986年出生的张超，从儿时起就对天空充满向往。2001年，发生在南海的中美撞机事件中，“海空卫士”王伟英勇牺牲。当飞行员！这成为这位年仅14岁男孩的理想。17岁，张超终于如愿以偿。2009年，张超经过5年的培养和训练，终于大学毕业了。他放弃了留校任教的机会，坚决要求到一线作战部队，到王伟战斗过的地方，做一名战斗员。时任团长邱柏川至今记得，初次见面时，他问张超“为什么来”，张超脱口而出：“我是冲着英雄王伟来的。”沿着英雄的航迹，张超驾机起飞，完成了一次又一次自我超越：改装“歼－8”，张超成为同批次首个单飞的飞行员和首批长机飞行员，是全团6名“尖刀”队员中最年轻的一员；改装新型三代战机，张超又是同批飞行员中首个单飞的，刷新多项纪录。

张超越飞越勇、越飞越好，更加广阔的海天向他敞开怀抱……“舰载机飞行是世界上公认的最危险的飞行，你愿不愿意来？”“我知道危险，但就是想来。”这段面试时的对话，提问者是作为考官的“航母战斗机英雄试飞员”戴明盟，回答者是张超。那一年，海军决定在三代机部队破例选拔舰载战斗机飞行员。张超第一时间报了名。彼时，中国航母舰载机事业正处于起步阶段。而对于张超的选择，不乏反对的声音。毕竟，他已飞过6种机型，单位正准备提拔他为副大队长；妻子带着不满1岁的女儿刚刚随军，正需要工作、生活的稳定。可张超心里十分坚定。面试官戴明盟对张超的第一印象是，“小伙子主动要求来的愿望特别强烈，一看就是纯粹追求飞行事业的飞行员”。2015年3月，张超成为当时中国海军最年轻的舰载战斗机飞行员，开启了飞向航母的“加力模式”——加入舰载战斗机部队。1个月，他完成了理论改装；6个月，他追平了训练进度；10个月，他第一次驾驶“歼-15”飞机飞上蓝天；2016年4月，张超已经完成上舰前93.24%的飞行架次，所有课目的考核成绩都是优等。上舰的日子，近了；深蓝的海天，也近了……

2016年4月27日，是张超加入舰载航空兵部队的第90个飞行日。按照计划，张超和战友们要飞3个架次的低空、超低空训练。12时59分，张超驾驶“歼-15”飞机进入着“舰”航线。降低高度、后轮触地、前轮触地、滑行……可战机刚刚滑行2秒钟，突发电传故障。从战机报警到跳伞离机的4.4秒里，张超全力推杆到底、挽救飞机。由于弹射的高度过低、角度不好，张超被重重地摔在了跑道旁。在前往医院的路上，他留下了最后一句话：“我是不是要死了，再也飞不了了……”

张超走了，但他的精神始终与中国航母舰载机事业同在！

**思考题**

同学们，张超14岁就确立了自己的理想，并为之付出了很大的努力。说说你的理想是什么？

扫描二维码，收听优秀共产党员的故事

诵读人

**张 东**

**张 东**

中央广播电视总台央广主持人，演播艺术家，曾获全国五一劳动奖章、中国广播电视金话筒奖、“五个一工程”优秀作品奖等。先后主持《中国歌曲榜》《广播歌选》《晚报浏览》《中国TOP排行榜》等品牌栏目；担任各类大型文艺晚会主持工作；参与数十部广播剧、长篇小说、广播专题的录制，演播代表作有《俗世奇人》《大卫·考坡菲》《长相思》等。

# 杜富国

## ——时刻保持冲锋姿态

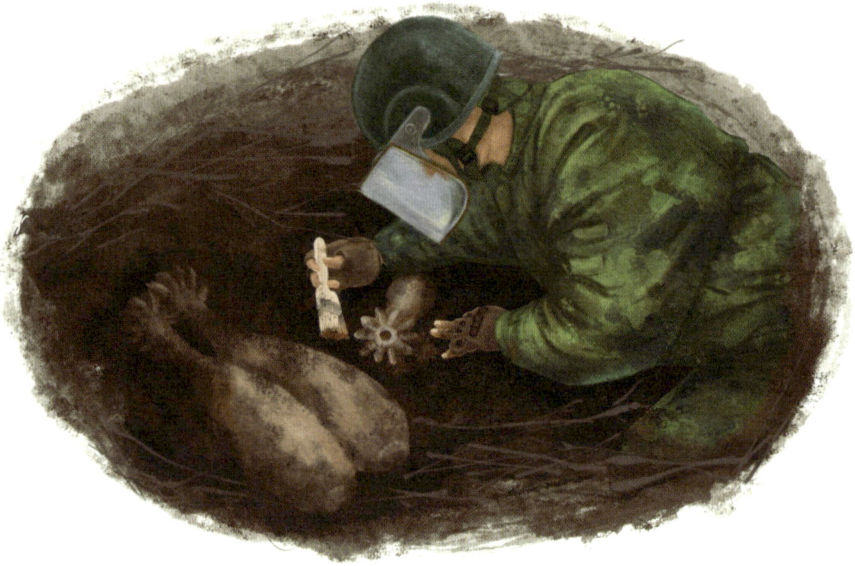

杜富国，1991年出生，贵州省湄潭县兴隆镇太平村人。2010年12月，杜富国带着父母的嘱托，从红色遵义出发，踏上了从军路。

得知部队即将组建扫雷大队的消息后，杜富国第一时间递交申请，主动请缨参加排雷。他在申请书中写道：“我思索着怎样的人生才是真正有意义有价值的，衡量的唯一标准是真正为国家做了些什么，为百姓做了些什么……我感到这就是我的使命……”

有人告诉他扫雷非常危险，他说：“怕死就不来当兵了，现在人民有需要、国家有号召，我们决不能后退半步。”

2015年6月，杜富国如愿成为扫雷大队的队员。杜富国刚到扫雷大队时，由于文化基础薄弱，首次理论摸底考试都没有及格。一向不服输的他把排雷理论知识点制成小卡片，有空就拿出来背。几本扫雷教材都被他翻得卷了边，里面满是圈圈点点的红笔标注。

查看杜富国的理论考试成绩表，从不及格到90分，他用了45天；在临战训练综合性考核中，他的所有课目被评为全优。

探雷器是扫雷兵的“手中枪”，“学会5分钟，学精要5年”。为把探雷器练成“第三只手”，他将铁钉、石块、弹片等混合埋设，并使用斜放、混合、覆盖等方法增加难度，3个月的训练期还没结束，他就熟练掌握了10余种地雷的排除方法，做到探雷器一探就能准确辨别埋设位置、判明种类。

西南边疆雷场多在深山密林，葱葱郁郁的植被下藏着数不清的凶险残酷。在杜富国负伤的猛硐乡，就有上百人被地雷炸死、炸残。百姓的生死安危，令杜富国和他的战友们时刻挂怀，他们对“为人民扫雷，为军旗增辉”这10个字有了更切身的体会，个个争着要上雷场。

一次，在搜排4号洞雷场一片不足3平方米的区域时，战士们向下清理了近半米，都是生活垃圾。路过的村民说，这里踩踏过多次，肯定没雷。杜富国却说：“如果我们遗漏一个角落、遗留一枚地雷，老百姓踩到可能就没命了。”最终，他们在周边搜排出爆炸物10余枚、火箭弹2枚。

在马嘿雷场作业时，发现一枚性能不稳定、杀伤力大、装有诡计装置的59式反坦克地雷，他主动请战，拉下面罩“抢位”作业，成功排除了全队首枚反坦克地雷。

自参加扫雷作业以来，杜富国千余次进出雷场，累计作业300余天，搬运扫雷爆破筒15余吨，排除各类爆炸物2400余枚（件），处置险情20多起。

2018年10月11日，杜富国在云南边境排雷行动中面对不明爆炸物，对战友喊出“你退后，让我来”，在进一步查明情况时突遇爆炸，英勇负伤，失去双手双眼。

事后，杜富国回忆受伤情景时说：“那个时候不容人有任何犹豫和思考，我是下意识的。”“让我来”，已经成为他的身体记忆。

负伤后的杜富国仍然保持着冲锋的姿态。在失去视觉、触觉和平衡多重反馈的状态下，为了独立完成从病床走到桌子旁拿杯子喝水这个简单的动作，杜富国就训练了无数次。在逐渐适应了没有双手双眼的生活后，杜富国尝试着做更多力所能及的事。他说：“请大家放心，我会以战士的担当、冲锋的姿态，战胜困难挑战，努力追梦圆梦，在新的征程上书写新的人生篇章。”

**思考题**

同学们，请思考，杜富国的一句『你退后，让我来』彰显了一位共产党员什么样的精神品格？

扫描二维码，收听优秀共产党员的故事

诵读人

**刘　炜**

## 刘　炜

湖北广播电视台湖北之声《炜炜道来》节目主持人。全国金话筒奖提名奖。参与主创并担纲主持的节目两获中国新闻奖。公安部党风政风警风监督员。

# 周永开

## ——一辈子践行初心使命的『花萼愚公』

周永开，1928年出生在四川巴中一户农民家中。年少时，他亲眼看见了共产党领导的红军，打土匪、分田地，为农民办实事，革命的种子从此便埋藏在他幼小的心灵里。担任四川达县地委副书记、纪委书记时，周永开因为田坎跑得多，老百姓都喊他“草鞋书记”。

周永开离休之后，总想着如何再为老百姓做点儿事。四川的花萼山野生动植物种类繁多，被誉为“大巴山动植物基因库”。1993年11月的一天，周永开首次上山，眼前的景象让他大吃一惊，当地人把树砍掉当柴烧，开荒种粮，生态破坏严重，带着百姓在山上搞旅游的幻想瞬间破灭。

周永开想着：要把绿色还给大山！第二年，周永开花费数万元积蓄购买了一批树苗，在山上租了两间茅草房，带着两位退休干部踏上保护花萼山的征程。

“莫砍树，不打猎，为了子孙后代要保护好山林。”周永开走遍花萼山11个乡镇30多个村，苦口婆心地宣传。山上条件艰苦，巡山一整天，饿了吃干粮，渴了喝山泉，晚上只能睡在垫着棉絮的木板上。在他的带领下，5位村民成为义务护林员。

1995年初，为了对山上冬季资源再一次摸底，他带着一名向导徒步穿越花萼山，途经国家梁、小窝凼等险要之地，不小心深陷在积雪中动弹不得，经过紧急抢救才苏醒过来。后来，周永开找拐杖准备下床时，感觉杖底与以前不一样，提起一看，发现多了一颗防滑铁钉。周永开谈起这件事时忍不住激动，他的19根拐杖上都有老百姓悄悄钉上的防滑钉。

周永开的苦心有了回报，村民自发造林上百亩，林业部门在花萼山实施公益林项目，这些山林被村民亲切地称为“清风林”。20多年间，周永开护林4万余亩，种植清风林1300亩，花萼山在2007年建成国家级自然保护区。

在保护环境基础上，周永开帮助群众发展起绿色经济。花萼山的野生萼贝品质一流，周永开买来种子，找到村民李如银，说：“老李，你先试种。我联系了一家中药材种植基地，你去学，费用不用操心。”如今的项家坪村，成立了川映萼贝专业合作社，萼贝年产值数百万元。

在守山护林的岁月里，周永开经常动员亲戚朋友为贫困户捐款捐物，然后请人背上山，挨家挨户发送。村民蒋大杰说：“周书记送了好几套衣服给我们，我们也学‘老革命’，拿了两套送给了更困难的人。”看到特别困难的家庭，周永开便自己掏钱，这家给50元，那家给100元，早已数不清给了多少次。

老去的是岁月，不变的是信仰。“一直到死，争当一名合格的共产党员。”这是周永开的初心，更是毕生的追求。如今，他还不时梦回花萼山，那里野生蜡梅连片成林，隆冬季节傲霜斗雪。

**思考题**

同学们，找一位你身边的老党员，听听他的故事，并结合周永开的故事，想想什么叫作『初心』。

扫描二维码，
收听优秀共产
党员的故事

诵读人

**李峻岭**

**李峻岭**

*播音名岭上云，辽宁广播电视台资深主持人、诗人、演播人。20世纪80年代末90年代初较为活跃的大学生诗人。*

# 王启民

## ——一生奋斗为祖国建设『加油』

王启民，1937年出生，被称为大庆“新铁人”，他挑战油田开发极限，推动大庆油田连续27年年产原油5000万吨以上，创造了世界同类油田开发奇迹，为祖国建设、发展源源不断地“加油”。

1960年，还在北京石油学院读书的王启民，来到刚开发的大庆油田实习。当时，几万会战职工住地窨子、啃窝窝头，人拉肩扛、爬冰卧雪也要为国家找油。王启民被这种场景震撼，毕业后毅然重返大庆。

当时，外国专家说，中国人根本开发不了大庆这样复杂的大油田。王启民等几个年轻人写了一副对联——“莫看毛头小伙子，敢笑天下第一流”。横批“闯将在此”。王启民说：“‘闯’字中有‘马’，我们把‘马’字写得大大的，突破了‘门’框。我们一定要闯出天下一流的开发路子来。”

早期，由于缺少经验，大庆油田只能套用外国“温和注水，均衡开采”的方法开发，结果造成油井含水上升快，原油采收率一度不到5%。长此以往，将对油田带来极大破坏。

王启民质疑：“大庆油田地下构造千差万别，有富油层，也有薄差油层，怎么能以同一个水平开发呢？”通过不断试验，他提出“非均匀”注采理论，使日产百吨以上的高产井成批涌现，为大庆油田原油提高产量提供了重要保证。

20世纪70年代，一面是国家急需更多的原油，一面是随着开采程度加大，油井平均含水明显上升，油田开发又一次面临严峻考验。

1970年，王启民和试验组一行在油田中区西部开辟试验区。吃、住、办公几乎都在现场，王启民和团队坚持了10年。3000多个日夜，他们白天跑井，晚上做分析，和无言的地层“沟通”，终于绘制出了大庆油田第一张高含水期地下油水饱和度图，揭示了油田各个含水期的基本规律，发展形成了“六分四清”分层开采调整控制技术。1976年，大庆油田年产原油攀上5000万吨。

为接续高产稳产，王启民又把目光瞄向了表外储层，这是被国内外学界认定为“废弃物”的油层。“这些油层虽然薄、差，但层数很多，储量丰富。”王启民认为，既然禁区是人设定的，就能打破它。

在质疑声中，一次次失败、一次次纠错、一次次再来……王启民带队对1500多口井逐一分析，对4个试验区45口井进行试油试采，终于找到了开发表外储层的“金钥匙”。这项技术使得大庆油田新增地质储量7亿多吨、可采储量2亿吨。

20世纪90年代中期，大庆油田主力油层含水超过90%。王启民坐不住了，带队开展“稳油控水”技术攻关，使3年含水上升不超过1%。到2002年，大庆油田实现了连续27年，年产5000万吨以上的高产稳产。

2021年，年过八旬的王启民还坚持每天来到办公室，为年轻科研人员成长当好人梯。从23岁北上来到大庆油田，王启民回首走过的岁月，仿佛又看到了“拼命也要拿下大油田”的震撼场面，又回到了探索先进勘探开发技术的火热一线。

**思考题**

同学们，人应该用什么样的态度对待自己的事业？王启民的故事给你哪些启发？

扫描二维码，收听优秀共产党员的故事

诵读人

**胡　月**

**胡　月**

天津广播电视台播音指导，动听885音乐广播副总监。演播长篇小说《小姨多鹤》《蜗居》《牟氏庄园》等，演播有声读物《道德经》《微国学》《听听月瑟——胡月朗诵专辑》等。天津市首批“最受群众喜爱的文化志愿者”。

# 王有德

## ——与沙漠较劲的治沙人

在浩瀚的毛乌素沙漠西南边缘，有一道南北长60多公里、东西宽约30公里的绿色屏障，静静守护着母亲河黄河和银川平原。这片绵延的绿洲，见证了世界治沙史上的奇迹，记录了一位传奇人物几十年的坚持与梦想。

他就是王有德，宁夏灵武白芨滩国家级自然保护区管理局原党委书记、局长，“人民楷模”国家荣誉称号获得者。

王有德，1954年出生在宁夏灵武市马家滩镇一个回族家庭。曾经水草丰美的家乡是他儿时的乐园。可随着过度放牧，土地植被退化，风沙一天天逼近家园。十几年里，先后有20多个村子、3万多人被迫迁移……从那时开始，王有德心里就跟沙漠较上劲儿了，一定要把毛乌素沙漠侵吞的土地夺回来。

1981年7月，27岁的王有德加入中国共产党时，那句“全心全意为人民服务”的誓言，成为他的神圣使命。1985年，王有德来到白芨滩防沙林场工作，看到肆虐的风沙侵吞村庄，群众被迫背井离乡，他发誓：“生命不息、治沙不止，绿化造林、造福于民。”

1986年7月，王有德打响了上任后的第一场大型攻坚战。在北沙窝流动沙丘地带，他要开发500亩果园。而此时，多年来的粗放管理，使得白芨滩林场徘徊不前，职工一盘散沙，大家对林场没有信心，对北沙窝的开发也是将信将疑。摆在王有德面前的首要难题是怎样才能调动大伙儿的积极性。当时林场的经济条件不好，职工一年收入才几百元。王有德觉得只能用领导干部的实际行动来感召大伙儿，只有凭领导干部的意志来聚合工人们。

白天，他和职工一起推沙平田砌渠道、挖坑施肥栽树苗，夜晚点着煤油灯安排第二天的工作。离家仅3公里的王有德和职工住在工地的帐篷里，最长一次竟有50多天没回家。他和职工一样，吃的是工地上刮进沙子的饭，早上一起来头发上、脸上、被子上都是一层细沙。凭着这样的干劲儿，改革当年，林场造林5093亩，创收17万元，实现了大逆转。

治沙是一个长久而艰苦的工程。1999年入冬时节，灵武市将灵州大道及环城的9公里绿化任务交给了白芨滩林场。当时，有人提醒王有德，200万元的工程费不知要拖到猴年马月，林场资金不宽裕，还是想办法推掉算了。王有德马上批评说：“我们的职责就是种树，哪儿需要就往哪儿种，作为林业建设者，该奉献时必须奉献，多栽树不是啥吃亏的事。”

栽种期间，晚上9点钟树苗才到。为了保证高成活率，必须当即栽上。王有德召集林场全体职工连夜赶植。第二天还要参加一个项目谈判的王有德一直干到凌晨4点。2001年5月，白芨滩林场以最低报价中标古王高速公路第一合同的绿化工程，并且使工程造价降为每平方米5元，为原造价的六分之一左右，仅这一项就为国家节约投资金额250万元左右。

王有德说：“坚持科学治沙、综合治沙，才能实现治沙事业可持续发展。”通过多年改革创新，他探索建立了“宽林带、多网格、多树种、高密度、乔灌混交”“林农牧副多业并举”等多种防沙治沙模式，实现了“沙漠绿、场子活、职工富”的目标，为国内外沙漠化治理提供了宝贵经验。

**思考题**

同学们，王有德以身作则，带领团队成功治沙。想一想，在大家的学习中，如何做到『以身作则』，使身边的同学共同进步呢？

扫描二维码，
收听优秀共产
党员的故事

诵读人
**宋 晓**

**宋 晓**

沈阳广播电视台原创基地导演，有声书项目监制。作品多次获得“五个一工程”奖；连续七次获中国广播剧专家奖金奖。全国广播剧最佳导演，中宣部优秀青年文艺骨干，辽宁公益戒毒大使。

# 郭明义——“当代雷锋”

共产主义战士、最美奋斗者——雷锋，想必同学们都耳熟能详了，而雷锋对后世影响最大的是以他的名字命名的“雷锋精神”。今天故事的主人公郭明义与雷锋颇有几分相似经历——当过兵、进过工厂，甚至连介绍他们入伍的都是同一位老政委。同样是汽车兵，郭明义一边勤学苦练，一边攒下津贴为灾区捐款，在改革开放初期就被评为“全师学雷锋标兵”。

郭明义，1958年出生。1982年，他从部队复员来到鞍钢集团矿业公司齐大山铁矿工作。走上工作岗位，郭明义“干一行、爱一行、钻一行”。当鞍钢矿山的大型卡车司机，他第二年就创造单车产量的最高纪录；接到安装进口电动轮的重点工程，他苦学英语，一年就成为外方专家的合格翻译。

1996年，电动轮汽车投入使用后，矿里决定配备一名专业技术干部，主管采场公路的设计、建设和管护工作。领导们不约而同地选择了郭明义。从此，他在这个异常艰苦的岗位上，一干就是15年。

这段时间，铁矿石价格大幅上涨，导致许多不法分子把盗抢矿石作为生财之道。2007年，“齐矿”成立了两个护矿队，开展了声势浩大的矿产资源保卫战。郭明义主动报名参加，每天晚上在采场巡逻。

一天早上5点多，郭明义在采场沟底发现了两个不法分子正在偷盗柴油。他大喝一声，一边喊一边往前冲，两个歹徒吓得想开车逃跑，他一个箭步冲上去挡住了去路，并大声说：“要跑，除非从我的身上压过去。”

两个歹徒一看真是遇到了不怕死的人，丢下车辆和柴油慌忙逃跑。

勇敢、正直、勤奋是工作中郭明义的真实写照。生活中的他，还热衷于社会公益活动，热心帮助他人。1990年，公司组织献血，第一次参加献血的郭明义，因为心里紧张，被扎了两针才抽血成功。可郭明义却因这次经历提高了对献血的认识。在鞍山市血液中心的采血室里，从此经常看到他的身影。

一开始，郭明义总是静悄悄地来，献完血后便无声地离去，直接返回岗位工作，不告诉任何人。几年后，他将每年献血一次增加到每年两次。有一天，他从电视上了解到血小板能够抢救失血过多者，并对血液病患者有显著疗效，而且献血者的身体48小时就能恢复正常。郭明义心里一算账，“还是献血小板来得快，效果好”，从此他每月都主动到血站献血小板。

日积月累，2009年底，郭明义累计献血60000毫升。这一数字相当于正常人体全身血液量的10倍，如果按平均800毫升血液能挽救一个生命来算，郭明义的献血可以帮助75名病人。

“德不孤，必有邻”，如今，以“跟着郭明义学雷锋”为主题，郭明义爱心团队已经遍布祖国的大江南北，学习雷锋的动人故事每天都在发生。

郭明义以亲身实践，证明“雷锋精神”依然具有强大的生命力、示范力和感召力。正如他本人常说的：“心怀善念相互搀扶、相互激励，人人都可以做雷锋！”

**思考题**

同学们，你们怎么理解『雷锋精神』？如何在你的生活、学习中体现雷锋精神呢？

扫描二维码，收听优秀共产党员的故事

诵读人

**郭　雷**

## 郭　雷

浙江传媒学院中国播音主持史研究基地特聘研究员、中央电视台原播音员。

# 许振超

## ——『干就干一流，争就争第一』的劳动模范

“干就干一流，争就争第一。”这是青岛港前湾集装箱码头有限责任公司固机高级经理、中华全国总工会原副主席（兼职）许振超的“座右铭”。

只有初中文化程度的他，在青岛港成为人尽皆知的“许大拿”，在工作中创造出的“振超工作法”更是为青岛港提速发展提供了宝贵经验。之所以能把工作做到极致，在许振超看来，都是得益于工匠精神与创新精神。

许振超，1950年出生。1974年，他来到青岛港当上了一名码头工人。他操作的是当时最先进的起重机械——门机。许振超勤学苦练，7天就学会了，在一起学习的工人中他第一个能独立操作。

然而，会开容易开好难。师傅开门机，钩头起吊平稳，钢丝绳走的是“一条线”；到了许振超手里，钩头稳不住，钢丝绳直打晃。特别是矿石装火车作业，一钩货放下，洒在车外的比进车内的还多。看到工人们忙着拿铁锹清理，许振超的心里十分内疚。

为了早日掌握这项技术，每次作业完毕，别人休息了，许振超还留在车上，练习停钩、稳钩。四五个月后，他开的门机钢丝绳走起来也一条线了，一钩矿石吊起，稳稳落下，不多不少，正好装满一车皮。这手“一钩准”的绝活儿，很快就被大家传开了。

在一次施工作业过程中，许振超发现粮食颗粒小，更易洒漏。他便在工作之余，吊起满满一桶水，练习走钩头，直至练到钩头行进过程中滴水不洒。再去装散粮，一抓斗下去，从舱内到车内，平平稳稳，又一

个绝活儿“诞生”了——“一钩清”。许振超的活儿干净利索，装卸工人们二次劳动大大减轻，大家都愿意跟他搭班。

“在全世界港口行业中把集装箱装卸速度干到第一”，一直是许振超的梦想。同时，他将一个个新想法变成生产实践中的一项项新技术，成为行业一流的“技术专家”。

至今，许振超仍然记得第一次刷新集装箱装卸世界纪录的情景。那是2003年五一国际劳动节前夕，地点就在投产不久的前湾港新码头。当晚，下了夜班的工友守在码头上，第二天上白班的人也提前来到现场，见证振奋人心的时刻。从晚上8点开始，许振超和工友连续鏖战6个多小时，创造了每小时单机效率70.3自然箱和单船效率339自然箱的世界集装箱装卸纪录，一举打破当时单船每小时装卸336自然箱的世界纪录。

此后，许振超团队又先后9次打破集装箱装卸世界纪录，使“振超效率”成为港航界的一块“金字招牌”，也成为中国港口领先世界的生动例证。

练绝活儿之余，许振超还在岗位上勇于创新。他经多次试验，在冷藏集装箱上加装了节电器，全年节约电费600万元；他领衔组织实施了轮胎吊“油改电”等技术改造，填补了国际空白，年节约资金2000万元以上，噪声和尾气污染接近于零……

如今的许振超，仍然经常在青岛港为他设立的“许振超大师工作室”里，和新一代码头工人，围绕自动化集装箱码头技术，开展以高效服务为目标的创新。以许振超名字命名的“振超精神”也已经成为广大产业工人学习的榜样。许振超说：“‘振超精神’虽然用了我的名字，但它实际上是我们当代工人的一种精神。对于工人来讲，热爱劳动这个信念应该贯穿我们工作的始终，需要认真去做几十年乃至一生。”

**思考题**

同学们，许振超说：『对于工人来讲，热爱劳动这个信念应该贯穿我们工作的始终，需要认真去做几十年乃至一生。』那么在学习生活中，你认为什么样的信念应该是你始终坚持的呢？

扫描二维码，收听优秀共产党员的故事

诵读人

**天 时**

## 天 时

播音员，北京广播电视台文学编辑，新闻广播节目监制。

# 孔祥瑞

## ——“可以没有文凭，但不能没有知识”的“蓝领专家”

同学们，如果一个普通的工人能够为企业创造8000多万元的经济效益，你是不是会觉得很惊讶呢？如果一个只有初中文化的工人，在他多年的生产一线工作中完成了百余项技术革新，有的获得了国家专利，有的以他的名字命名，你是不是很佩服呢？这个人就是全国劳动模范、天津港中煤华能煤码头有限公司孔祥瑞操作队原党支部书记兼队长，人称“蓝领专家”的孔祥瑞。

孔祥瑞，1955年出生。1972年初中毕业后，他到天津港码头当了工人。他放弃了多次学习深造的机会，始终坚持在实践中学习，把工作岗位当课堂，把生产实践作为教材，把设备故障作为课题，把身边怀有一技之长的工友作为老师，努力攻克了一个又一个技术难关。

他完成的技术革新项目，无论大小都充满着智慧与巧思。由于他的技术革新，工人们用起来更加安全顺手。不过，孔祥瑞对技术改造的热情，起源于二十几年前的一次机器故障。1995年，孔祥瑞在港埠六公司做固机队队长，掌管公司装卸生产的大型门吊机。有一次，6台新引进的新型门机同时出现故障，严重耽误了工作进展。经过孔祥瑞和工友们的分析，发现原来这些新设备在设计上有缺陷，但是由于工人们对新设备的构造原理不了解，没有及时发现并采取措施，最终导致了设备全面瘫痪。经过12个小时的紧张维修，故障终于排除了，但是这件事却让孔祥瑞久久不能释怀。他表示，绝不能当技术设备的奴隶。于是，孔祥瑞开始了漫长而艰辛的技术攻坚之路。

"可以没有文凭，但不能没有知识。"孔祥瑞只有初中文化水平，技术攻坚难度很大。他找来了所有使用设备的说明书，一页一页地抠，不懂就问，不明白就查资料，而每次设备出现故障，他都会把原因、修理过程等细节一一记在笔记本上，认真地研究、琢磨。在不断地学习和摸索中，孔祥瑞渐渐摸透了这些设备的脾气和门道，成长为一名蓝领专家。

2001年，在天津港建设亿吨大港的过程中，孔祥瑞所在的装卸队承担了2500万吨货物的装卸任务。设备还是这些设备，人还是这些人，可任务量却增加了近30%。孔祥瑞组织技术骨干集体攻关，通过"抓斗起升、闭合控制合二为一"的创新，成功挤出了15.8秒，每台门机平均每天多装卸480吨，使全年装卸任务完成了2717万吨，超过预定目标。这项技术革新，当年创效1600万元。这一操作法也被天津市总工会命名为"孔祥瑞操作法"，成为天津市职工十大先进操作法之一。

2012年，天津港成立了"孔祥瑞劳模创新工作室"，负责难题攻关，培养后备力量。身教重于言传的孔祥瑞，在天津港带出了一批年轻的"港口工匠"和"技术能手"，他用自己的成就证明了知识型工人的价值。

孔祥瑞的事迹让我们再次想起了那句老话"知识就是力量"。在建设创新型国家的过程中，广大一线的普通劳动者发挥着重要的作用。随着时代的发展，我们国家呼唤一支知识型的产业工人队伍的出现。孔祥瑞说，他要把知识和技能传授给工友们，使他们人人都成为"蓝领专家"。

**思考题**

同学们，孔祥瑞用自己的实践证明了『知识就是力量』。你认为，在新时代，『知识就是力量』有什么新内涵呢？

扫描二维码，
收听优秀共产
党员的故事

诵读人

**佳 池**

**佳 池**

北京广播电视台新闻广播主任播音员，《北京新闻》《新闻晨报》《整点快报》主播。所播作品曾获中国广播影视大奖提名奖、北京新闻奖。荣获北京人民广播电台"广播好声音"称号。

# 王继才——守岛英雄

王继才，1960年出生，江苏省灌云县开山岛民兵哨所原所长、开山岛村原党支部书记。1986年起，王继才和妻子王仕花二人克服常人难以想象的困难，守卫开山岛整整32年。

位于我国黄海前哨，距离连云港市20海里，距离燕尾港12海里的开山岛，面积仅有0.013平方公里，如一个足球场般大小，却是连云港地区海防线的右翼前哨阵地，也是一个无电、无水、无居民的“三无”孤岛。1986年3月，驻守开山岛的部队撤编后，开山岛被列为一类民兵哨所，担负观察监视海上和空中情况、防止内潜外逃、维护治安和抢救海上遇险船只等职责。然而因为条件艰苦，寂寞难耐，灌云县人民武装部先后找了10多人守岛，都打了退堂鼓，最长的也只待了13天。

1986年7月，灌云县人民武装部政委找到了王继才，王继才接受了守岛任务，瞒着家人上了岛。全村最后一个知道他守岛消息的，是他的妻子王仕花。当王仕花来到岛上，看着胡子拉碴的丈夫，她的眼泪夺眶而出：“别人不守，咱也不守，回家去吧！”王继才对妻子说：“你回吧，我决定留下！守岛就是守家，国安才能家安。”

没想到，几天后王仕花辞掉了小学教师工作，把两岁的女儿托付给老人，上岛与丈夫一起守岛，这一守就是32年。

这32年中，有长达20多年的时间，岛上没有水没有电。一盏煤油灯，一个煤炭炉，一台收音机，就是夫妻俩的全部家当。淡水、粮食、蔬菜，都要托人从外面买。刮台风的日子，无船出海，岛上的煤用光了，他们就只能吃生米；没有人说话，他们就在树上刻字或是对着海、对着风唱歌。1987年，岛上遭遇台风，通航中断，当时怀孕9个多月的王仕花由丈夫接生，在黑暗中生下了儿子王志国。

荒凉的海岛寸草不生，植物都不能在岛上存活，一斤多的苦楝树种子撒下去只长出一棵小苗；儿女在岸上无人照看，家中失火导致孩子差点儿丢命；大女儿结婚时，化了5次妆都被泪水打湿，进礼堂时，一步三回头，可父母却迟迟没有来……

生活虽然苦，心里虽然苦，可王继才夫妇几十年如一日守着小岛，升旗、巡岛、观天象、护航标、写日志……每次遭到上岛犯罪分子威胁甚至殴打也从不屈服。为了守岛，夫妻俩尝遍了酸甜苦辣，32年，1万多天，枯燥、孤独、无助，每一天都重复着相同的日子，但王继才心中有一个信念：家就是岛，岛就是国，守岛就是卫国。

守岛32年，这对夫妻的每一天都是从升旗仪式开始。每天清晨，太阳刚一跃出海面，王继才和王仕花就会扛着国旗走上山顶，一人展开国旗，一人肃立敬礼，这是他们在岛上最重要的仪式。王继才说："开山岛虽小，却是国家领土，必须升起中华人民共和国国旗。只有看着国旗在海风中飘展，我才觉着这个岛是有颜色的。"

升旗仪式完毕，夫妻俩开始每天的例行巡岛。巡岛结束后，夫妻俩会一笔一画地写下守岛日记。32年间，夫妇俩自掏腰包，买了200多面国旗，攒下了一麻袋的值班簿。

2018年7月27日，王继才在执勤时突发疾病，抢救无效去世，年仅58岁。在王继才走后10多天，王仕花向组织递交了继续守岛的申请。

王继才、王仕花夫妇被选为"2019年感动中国十大人物"，颁奖词的最后两句是"涛拍孤岛岸，风颂赤子心"。

**思考题**

同学们，习近平总书记就王继才的事迹做出重要指示：『王继才同志守岛32年，用无怨无悔的坚守和付出，在平凡的岗位上抒写了不平凡的人生华章。』请你思考他们的平凡和不凡之处。

扫描二维码，收听优秀共产党员的故事

诵读人

**杨 辰**

**杨 辰**

郑州广播电视台主持人、播音员，交通广播总监助理。郑州电台"标识声""十佳主持人"。

# 徐虎

## ——辛苦我一人，方便千万家

徐虎，1950年出生。他在水电修理工的平凡岗位上，长期积极主动地为居民排忧解难，用一辆破旧自行车、一个“全天候”报修箱，一副大大的黑框眼镜，一张真诚的笑脸，十几年穿梭在弄堂街巷，随叫随到，风雨无阻——以“辛苦我一人，方便千万家”的精神，谱写了一曲新时代的雷锋之歌。

徐虎1975年进入上海市普陀区中山北路房管所当上了水电维修工，担负起管区内6000多户居民的水电维修、房屋养护工作。徐虎的父亲是工人，母亲是菜农，家境并不宽裕。徐虎读书时，一直都靠学校发放的助学金学习生活。因此，他记着父亲的话：“阿拉是普通工人出身，干一行就要干好一行。”

话是这么说，可是，当徐虎第一次去居民家修阻塞的抽水马桶时，还是傻了眼：粪便、草纸、污水淌了一地。别说干活儿，连立脚的地方都没有。但是，看着居民焦急的样子，他只好硬着头皮上。马桶修好了，居民连声道谢。事后，还特地给房管所写了感谢信。

从此，只要一有空，徐虎总是认真学习房修水电技术。碰到居民报修，徐虎一喊就到，及时解决。碰到难做的活儿，徐虎千方百计地做到居民满意。一来二去，徐虎和居民们的关系从生疏变得熟悉融洽了。从居民的欢笑声、赞扬声中，徐虎体验到了人生的欢乐、工作的价值。

一个大热天的上午，一位中年妇女急匆匆地赶来报修。一进门就嚷嚷开了。原来，头天晚上6点多钟，这户居民家的楼层突然断电。3户居民家里的电扇、冰箱全都不能用。孩子点蜡烛复习迎考。白天上班没空报修，晚上报修又找不到人。徐虎心头一震。他从警民联系箱得到启发，萌生了业余时间为居民挂箱服务的念头。1985年6月23日，徐虎来到辖区，挂出3只醒目的“水电急修特约报修箱”，每天晚上7点准时开箱，并立即投入修理。打那以后，晚上7点，成了徐虎生活中最重要的一个时间概念。10多年间，不管刮风下雨、冰冻严寒，还是烈日炎炎或节假日，徐虎总会背上工具包，骑上那辆旧自行车，直奔这3个报修箱，然后按照报修单上的地址，一家又一家去维修。这中间，他遇到过困难，受到过“排挤”，遭到过质疑，但徐虎相信，只要真心诚意地为住户服务，就一定能够获得理解和信任。十年辛苦不寻常，徐虎累计开箱服务3700多天，共花费7400多个小时，为居民解决夜间水电急修项目2100多个，被群众誉为“19点钟的太阳”。

徐虎十年如一日义务为居民服务，在平凡的工作中做出不平凡的成绩。他两次被授予“全国劳动模范”称号，被上海市委、市政府评为“上海市十大先进标兵”。2002年5月，徐虎调任上海西部企业集团任物业总监。角色变了，但“辛苦我一人，方便千万家”的信念没有变。他手把手教出来的徒弟，已遍布西部集团的各个物业企业。2010年，已到退休年龄的徐虎“退而不休”，又成立了徐虎志愿服务工作站。

**思考题**

徐虎的故事讲了这样一个道理：简单的事情做好了就不简单，平凡的人生走好了就不平凡。同学们，你能做到这一点吗？

扫描二维码，收听优秀共产党员的故事

诵读人

**温　馨**

**温　馨**

一级播音员，山西广电传媒培训学院院长。

# 张定宇

## ——与时间赛跑的『钢铁战士』

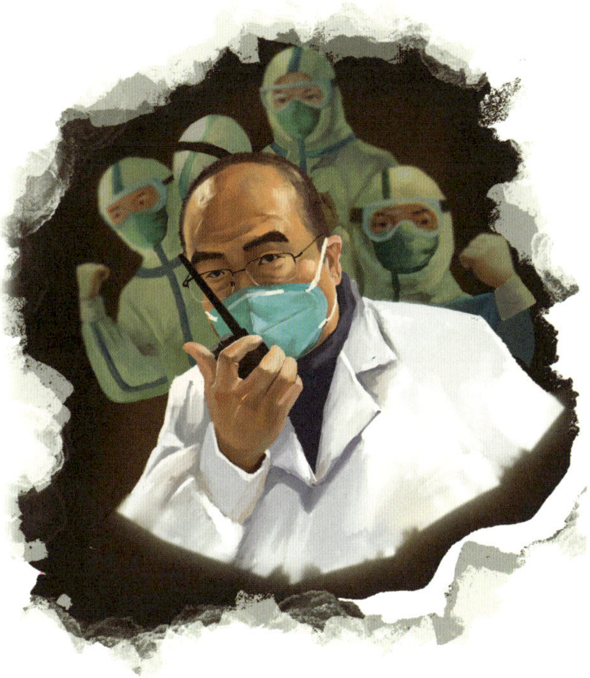

2020年9月8日，在全国抗击新冠肺炎疫情表彰大会上，57岁的张定宇步履蹒跚地走上台，光荣地接受习近平总书记授予的“人民英雄”勋章。

张定宇，1963年出生，曾任湖北省卫生健康委员会副主任、党组成员，武汉市金银潭医院院长。2018年，他被确诊患上渐冻症，双腿日渐萎缩。

新冠肺炎疫情暴发后，作为武汉市的传染病专科医院——武汉市金银潭医院成为全民抗疫之战最早打响的地方。

“这个病毒和我们以前见到的都不一样。春节前后病人暴增，几乎每两天就要开一层楼。看着这个病区要收满了，另一个病区就要准备清理、消毒，工作量非常大，每个人都绷紧了弦。”张定宇这样回忆当时的情景。

2020年1月23日，按照党中央决策部署，离汉通道关闭。武汉城放慢了脚步，但与挽救生命有关的一切却在加速。

金银潭医院每天灯火通明。在各方支援到来之前，张定宇和同事们在一线撑了近一个月，除了诊疗，他们还要照顾病人的生活起居、清理医疗垃圾。

在医院楼道里、病房里，大家常常听到张定宇的大嗓门在喊：“搞快点儿！搞快点儿！”可伴随嗓门越来越大，他的脚步却越来越迟缓。渐冻症是一种罕见的病症，慢慢会进展为全身肌肉萎缩和吞咽困难，直至呼吸衰竭。

自己的身体，张定宇比谁都清楚，他在车后备箱里放了一根登山杖。最忙碌的那段时间，夜里回家的最后一段路，张定宇都要从后备箱里取出登山杖。

张定宇庆幸自己的病情发展不是那么快。但对家人，他觉得亏欠太多，就连妻子感染新冠肺炎住院，他也没能顾及。

张定宇说，知道妻子确诊，自己都懵了。在回家的路上，他想到妻子可能会逐渐转化成重症、危重症，最后拉都拉不回来，眼泪就忍不住往下淌。可即便有再多牵挂，张定宇还是选择在抗疫前线坚守。他说："我很内疚，我也许是个好医生，但不是个好丈夫。"

妻子入院3天后，张定宇才在深夜赶紧跑去10多公里外的另一家医院探望，却只陪了不到半个小时。好在经过治疗后，妻子痊愈出院。

张定宇一心扑在工作上。早上7点半，往往换班的医护人员还没到，张定宇就已经到了。与疫魔竞速，张定宇却没时间去"珍惜"自己的身体。他淡然地说："既然拦不住时间流逝，那就让它更有意义。"

翻看张定宇的履历：从医30多年，每一次在患者和自己之间做选择，他都选择了以患者为先。他曾随中国医疗队援助阿尔及利亚；2011年除夕，他作为"无国界医生"出现在巴基斯坦；2008年，他带领医疗队出现在地震重灾区什邡……

张定宇说："能够工作是很幸福的，能够帮助他人也是很幸福的。"他依然穿着那身白大褂，踩着一深一浅的脚步忙碌着。

**思考题**

同学们，工作是幸福的，学习也是幸福的。充实自己，让自己变得强大，将来会出现一个最好的你。你觉得呢？

扫描二维码，
收听优秀共产
党员的故事

诵读人

**洪 伯**

**洪 伯**

北京广播电视台高级编辑，演播人，配音演员。主要作品：有声演播《回到明朝当王爷》《夜天子》《高大霞的火红年代》《欧也妮·葛朗台》《袁隆平传》等；著有《财富新生代》等。

# 黄文秀

## ——绽放在扶贫路上的『青春之花』

1989年，黄文秀出生于广西百色田阳县(今田阳区)一个农民家庭。由于父母亲身体不好，家境贫寒，黄文秀在国家助学政策的帮助下才完成学业。2008年，黄文秀考取山西长治学院，入学军训刚结束，她就积极申请入党，递交入党申请书。“没有政府的扶贫资助，家里不可能供我来上大学。我选择读思政专业，选择加入党组织，是发自内心的。”她的申请书深情而坚定，虔诚而执着。2011年6月，品学兼优的黄文秀如愿光荣地加入了中国共产党。

2016年，北京师范大学硕士研究生毕业后，黄文秀主动放弃大城市的工作机会，毅然加入广西选调生队伍，回到生她养她的家乡，成为革命老区、民族地区的一名普通干部。面对他人的困惑，黄文秀说：“这里是脱贫的主战场，我有什么理由不来呢？共产党是为群众谋幸福的党，我是一名党员，这是我的使命。”

2018年3月26日，黄文秀来到百色市乐业县新化镇百坭村担任驻村第一书记，她也是村里的首位女性第一书记。

百坭村是个深度贫困村，且全村11个自然屯散落在大山深处，有好几个屯离村委会10公里以上。

“穷了那么多年，能脱贫吗？”

“一个女娃娃，能行吗？”……

面对村民的质疑，黄文秀没有退缩：贫困户一次不让她进家门，她就去两次、三次；到了贫困户家里，她不再问东问西，而是脱下外套帮忙扫院子；贫困户不在家，她就去田里，边帮他们干农活儿边聊天。慢慢地，黄文秀的热情打动了大家，村民们接受了她。

为了解决村里的道路问题，她实地勘察，带着村干部做方案、拿对策，积极推进；为了解决山里的产业问题，她和群众一起学经验、找路子，发展杉木、砂糖橘、八角、枇杷等特色产业；为了打开销售渠道，她带着全村发展电商……

贫困户黄美线的丈夫因病去世，家里经济状况很不好，黄文秀帮助她家申请到5万元贷款，办起小型农产品加工厂，还开了一家小卖部，如今每月收入超过2000元。“她帮我们家那么多事，没吃过我们家一顿饭。”黄美线说。

黄文秀到任前，2017年底百坭村的贫困发生率为22.88%。在她服务百坭村的1年2个月20天里，百坭村103户贫困户顺利脱贫88户，贫困发生率降至2.71%。

2019年入夏以来，百色各地连降暴雨，黄文秀带领村里的干部群众四处查看灾情，组织汇总受灾情况、帮助慰问受灾群众。6月16日，她周末回家看望刚做完第二次肝癌手术的父亲，看到天气突变，担心村里受灾，急着返回百坭村。病床上的父亲非常担心，劝她第二天再走。她却说：“正因为有暴雨更得赶回去。”并不忘叮嘱父亲“按时吃药”。谁也没想到，这竟成了黄文秀留给父亲的最后一句话。回程路上，她一遍遍地叮嘱村干部关注重点村屯，组织群众做好防灾救灾。话音未落，自己却被无情的山洪吞噬，年轻的生命永远定格在30岁……

翻开黄文秀的入党申请书，其中写道：“一个人要活得有意义，生存得有价值，就不能光为自己而活，要为他人、为国家、为民族、为社会，用自己的力量，努力作出贡献。”这份庄严的承诺，黄文秀始终践行，直至生命最后一刻。

**思考题**

同学们，在中国的脱贫攻坚战中，超过1800人牺牲在脱贫攻坚一线。除了黄文秀之外，你还知道哪些牺牲者的事迹？

扫描二维码，收听优秀共产党员的故事

诵读人

**林牧茵**

**林牧茵**

上海广播电视台《新闻夜线》节目主播、播音指导，“学习强国”学习平台播音朗诵专家团成员，复旦大学国际关系专业法学博士、华东师范大学哲学专业博士后。全国广播电视“百优理论人才”、全国优秀社科普及工作者，入选中宣部、教育部高等院校与新闻单位从业人员互聘“千人计划”。专业领域获奖40余项，包括中国新闻奖、上海新闻奖、连续两届获全国主持人论文“金笔奖”等。

# 陈薇

## ——中国疫苗背后的巾帼英雄

全球新冠疫情肆虐之时，中国新冠疫苗在世界范围内获得了广泛的好评。在中国疫苗研制的众多科学家中，有一位女性的身影格外惹人注目，她就是中国工程院院士、军事医学研究院研究员陈薇。

回想起第一批疫苗在生产线上下线，陈薇说，那一天正好是自己的生日。收到领导和朋友们给她发的生日祝福，陈薇回复了8个字："除了胜利，别无选择！"

时间回溯到2020年1月26日，武汉关闭离汉通道的第四天。陈薇率领军事医学专家组紧急奔赴武汉，围绕谈之色变、茫无头绪的医学难题，迅速开展应急科研攻关。

刚到武汉时，当地病毒核酸检测需求量非常大，迫切需要提升日检测量。"疫情就是军情，现场就是战场。"在陈薇的指挥下，短短24小时内，一座负压帐篷式移动实验室，在中部战区总医院药剂楼旁迅速搭建起来。

没有从天而降的英雄，只有挺身而出的凡人。看到电视新闻，陈薇的父亲才知道女儿又冲到了最危险的第一线。整个春节，陈薇都没顾上给家里打电话，只发过几条信息。正月初十，陈薇才挤时间往家里打了新春第一个电话。终于接到了女儿的电话，陈薇的母亲笑了。父母都清楚，"她是国家的人"。

"要牢记使命，在关键时刻冲得上去，在危难关头豁得出来，这才是真正的共产党员。"在军事医学专家组火线入党仪式上，陈薇嘱咐新入党的科研人员，这也是她对于职责使命的理解。

疫苗，是抗击新冠肺炎最有力的科技武器。在武汉，陈薇率领团队与后方基地联合作战，展开应急科研攻关，争分夺秒地开展腺病毒载体重组新冠疫苗的研究。她领衔的团队，也被视为疫苗研发的“种子选手”。

让我们记住一个个值得铭记的闪光时刻——2020年3月16日，陈薇带领科研团队研制的新冠病毒疫苗，在国内第一个获批正式进入临床试验；4月10日，完成疫苗一期临床试验接种的108位志愿者全部结束集中医学观察，健康状况良好；4月12日，该疫苗在全球率先进入二期临床试验；8月11日，该疫苗在国内首个进入临床，并获得专利权。

其实，此次逆行奔赴武汉，并不是陈薇第一次与病毒“短兵相接”。2003年抗击非典，陈薇团队研制的“重组人干扰素ω”，对SARS病毒的攻击有较好的防护作用。2014年，西非大规模暴发埃博拉疫情，陈薇率团队赴非洲，研发出世界首个埃博拉疫苗。

陈薇的研究对象都是些常人避之不及的疫病，被同事称为“魔鬼课题”。正是有着长期与病毒“打交道”的经验，她与科研团队才能够在此次新冠疫情期间尽快研制出疫苗并付诸临床试验。

陈薇的朋友评价她：“不是在实验室，就是在去实验室的路上。”陈薇说：“穿上这身军装，这一切就都是我该做的。”

**思考题**

同学们，责任是每个人都应该具备的品质。像陈薇院士那样，以一颗兢兢业业的心，认真履行自己的责任，实现尊严和使命。那么，我们如何承担起自己的责任呢？

扫描二维码，收听优秀共产党员的故事

诵读人

**王 薇**

## 王 薇

北京广播电视台播音指导，北京人民广播电台首届“首席播音员”，中华儿童文化艺术促进会语言艺术专业委员会副会长。播音主持作品曾获中国播音与主持作品奖一等奖（政府奖）、中国新闻奖、中国广播奖、中国彩虹奖等。获“省级优秀新闻工作者”“北京市优秀语言文字工作者”称号。

# 李保国

## ——“把农民变成我，把我变成农民”的大学教授

李保国，1958年出生于河北省衡水市武邑县的一个农村家庭。作为恢复高考后的第一届大学生，1981年，李保国在河北林业专科学校（河北农业大学林学院前身）毕业后留校任教。上班仅十几天，他便和同事们一起扎进太行山，搞起了山区开发研究。

太行山区最不缺的就是大石头，最缺的就是土地。在河北省邢台市前南峪村，看着一座座“石头山”，李保国来了“杠头”劲儿。他跑遍了山上的沟沟壑壑，认为爆破整地在改善土质方面大有可为。

李保国经常起早贪黑，钻沟爬岭，为了研究他的课题，越是刮风下雨越上山。他自己这样做，要求他的学生也这样做。老百姓看在眼里，疼在心里。

土加厚了，水留住了，树木的成活率从原来的10%提高到90%。在此基础上，李保国开始引导农民种板栗。几年下来，前南峪不仅成了远近闻名的富裕村，还成了“太行山最绿的地方”之一。

一开始，村民对现代农业科技并不认账。村支书杨双牛还劝大伙儿说：“赔了村里出钱！”结果却被李保国制止了，他说：“大家是在怀疑我的技术，这个钱我来出！”于是他主动掏出了5万元科研费。

从前南峪村开始，李保国就把“家”安在了太行山区。为了帮助邢台市岗底村百姓致富，李保国潜心研究出128道苹果标准化生产管理工序。仅苹果种植这一项，村民人均年收入就从不足百元达到3万多元。

“是共产党员，我就要为人民服务；是教师，我就要为学生服务。”

这是李保国的口头禅，也是他教学工作的真实写照。为了能让学生们更好地做到理论与实践相结合，李保国把大批学生“赶”到田间地头去。

他常说：“搞科研就要像农民种地一样，春播秋收，脚踏实地。扎不进泥土地，就长不成栋梁材。”

他的手机里有900多个号码，近一半都是果农朋友的手机号。面对大家提出的请求，他几乎从不拒绝。遇上电话中不能说清楚的问题，就一定会抽出时间亲自开车跑一趟。一年200多天，超过4万公里的行程，全是辗转各地村镇跑出来的。一台越野车几乎成了李保国流动的家。

长期的科研工作，大量的科研成果，丰富的实践经验，李保国最了解学科的前沿、农村的需要、果农的期盼。他及时把自己的科研成果和在实践中获得的经验充实到教学内容中，把生产一线的信息及时更新在教材和授课中。

30多年间，李保国的足迹踏遍太行山区，经他直接帮扶的村庄有三四十个，间接带动发展起来的村庄有上百个，受益群众10万多人。他淡泊名利、坦荡无私，不图回报、不计得失，既不拿农民给的报酬，也不持企业奖的股份，保持了共产党人清正廉洁、无私奉献的高贵品质。

2016年4月10日凌晨4时，李保国因心脏病突发，经抢救无效不幸离世。就在前一晚，李保国还在电话里跟工作人员沟通南和县的树莓采摘项目，而这也是他生前留给世界的最后话语。妻子郭素萍也多次对他说：“你歇歇吧！”但李保国总是不管不顾地来一句：“活着干，死了算！”

在李保国不幸逝世后，上万村民自发举行悼念仪式。他的骨灰被太行山区不同地方的老乡们带走安葬，永远留在他生前为之牵挂不已、奋斗不止的土地上。

**思考题**

同学们，李保国被称为“太行山上的新愚公”，请思考：他和神话传说中的愚公在精神境界上有什么相似之处？

扫描二维码，收听优秀共产党员的故事

诵读人

**孙 畅**

**孙 畅**

北京广播电视台主持人、记者、评论员，一级播音员。现主持北京新闻广播《主播在线》《夬叙夬议》等节目，北京新闻奖、北京广播影视大奖获得者。

# 贾立群
## ——B超神探

贾立群，1953年出生，是我国著名的儿科超声专家。在他所工作的首都医科大学附属北京儿童医院，经常能见到千里迢迢带孩子来检查的家长，点名要做“贾立群牌B超”。而这好口碑，源于炉火纯青的诊断技术。

作为北京儿童医院超声科名誉主任，30多年来，贾立群通过在自己身上反复试验，在回声高低、液体清浊、血流性质和流速、脏器大小和形态中，摸索出儿童超声图像的特点和规律，练就了一双“火眼金睛”，是家长们心目中的“B超神探”。也正是因为这样，慕名而来的人非常多，贾立群许下了“只要人在北京，24小时随叫随到”的承诺。为了兑现这个诺言，他一直蜗居在医院旁一套40多平方米的职工宿舍里。有一天夜里，他从床上被急诊叫走了19次。

曾有一个重度肝肿大的患儿，只有2个月大，肝上布满小结节。其他医院的检查结果是良性肝脏血管瘤，但治疗后，孩子的病就是不见好。贾立群觉得孩子的病有两种可能：一个是良性的肝脏血管瘤，另一个就是恶性的肿瘤肝转移。可要命的是，这两种病在B超图像上的表现几乎没有区别，唯一不同的是，如果是恶性肿瘤肝转移，会有一个原发瘤。贾立群拿着探头一遍遍地在患儿的腹部划过，终于，在无数的小结节中，发现一个黄豆大小的小结节，在孩子哭闹的时候，它不随着肝脏移动。他意识到，这就是“元凶”。最后的手术和病理结果证实了他的诊断，这是一种恶性但可以治愈的肿瘤。这个孩子治好了，可没过多久，孩子的父母又抱来了这个患儿的孪生妹妹。两个孩子的病情一模一样，可怎么也找不着这孩子的原发瘤。一连几天，贾立群把自己埋在文献堆里，终于找出了答案。这个肾上腺的小肿瘤不但本身肝转移，还通过胎盘转移到另一个胎儿的肝脏，简言之，就是小姐儿俩得的是同一个病，只不过元凶不在妹妹身上，而在姐姐身上。这种病情在中国仅此一例，世界上也非常罕见。由于及时得到正确诊断，进而及时治疗，孩子的性命得以挽救。

孩子的生命被挽救，满怀感激的家长就想给贾大夫塞红包，但他一次次谢绝。有一次，一位家长硬往他兜里塞钱，推来挡去，白大衣的两个兜都被扯坏了。贾立群索性全给撕了下来，但又觉得太难看，于是，他干脆把兜口缝死，从此，“缝兜大夫”的绰号便传开了。

有一次上班时，贾立群腹痛难忍，可看到诊室外挤满了远道而来的患者，他选择了坚守岗位。直到晚上诊断完所有患儿，他才到医院就诊，确诊为阑尾炎。因为耽误得太久，阑尾都穿孔坏疽了，随时可能发生危险。医生马上给他做了手术，术后毫不客气地说：“亏你自己还是医生呢，居然来这么晚。”贾立群却说，看到家长和患儿们期盼的眼神，他于心不忍。

精湛的医术，高尚的人格，“B超神探”贾立群医生以他几十年的医者生涯，践行了一个共产党员的初心使命。

**思考题**

同学们，贾立群医生说，面对家长和患儿期盼的眼神，他于心不忍。你如何理解这『不忍』两个字呢？

扫描二维码，收听优秀共产党员的故事

诵读人

**田洪涛**

## 田洪涛

影视纪录片、专题片专职解说员。曾为电影《红楼梦》中林黛玉、电视连续剧《日落紫禁城》中珍妃等多部影视剧人物配音。小说广播剧演播作品：《风过耳》《新结婚时代》《成长》《一个女人的史诗》《妈阁是座城》等。

# 文花枝

## ——不输男儿的『巾帼担当』

文花枝，1982年出生，是湖南湘潭人，她的名字来源于毛泽东《卜算子·咏梅》中的诗句“犹有花枝俏”。为了帮助父母减轻家中的负担，作为家中的老大，17岁的文花枝出来参加工作，并在2003年成为一名导游。没想到，两年后的一场车祸，彻底改变了文花枝的一生。今天我们的故事就从那起严重的车祸讲起。

2005年8月，担任导游的文花枝带团旅游，旅游大巴正行驶在路上，车上游客有的在说趣事，有的靠着椅背假寐养神……文花枝坐在前排，不时地扭头提醒游客注意旅途安全、把包包放好，一切都是工作最平常的样子。但是在经过陕西洛川时，一辆运煤的大货车突然出现在旅游车前，没有人知道那一瞬间是怎么到来的。当意识重回身体的时候，她感觉就是钻心的疼。文花枝被压在座位最前方，巨大的惯性把她压在两个座位中间，动弹不得。之后她听到一阵阵痛苦的呻吟，她忍着疼痛艰难地小幅度观察周围的情况，车内血肉模糊，一片狼藉。

“大家，冷静一下！”文花枝忍着全身的疼痛尽力提高声音，微弱的声音此时仿佛有着千钧的力量，慢慢稳住了游客们慌乱的心神。

“挺住，交警和救护车很快就会到，保存体力。”在短暂却又漫长的等待中，文花枝不断鼓励大家“挺住，加油”，谁都没想到一个小姑娘怎么会有那么强大的心脏，在腿部、胸部被严重挤压的痛苦下还在不断鼓励她的游客。

救护车和施救人员到达后，游客得到了施救。当施救人员准备救助她时，她吃力地摇摇头说："我是导游，先救游客！"导游神圣的责任让她一次次把"生的希望"推给了游客。

长达两个小时的救援里，她多次昏迷，当最后一个游客被救出时，被施救的文花枝情况很糟糕：左腿九处骨折，右腿大腿骨折，髋骨3处骨折，右胸第4、5、6、7根肋骨骨折。这场车祸中，14位重伤的人中文花枝是伤势最重的那个。因为延误了宝贵的救治时机，医生不得不为这个只有23岁的美丽女孩做了左腿截肢手术。

截肢后，看着空荡荡的裤管，文花枝埋下头伤心地哭了。但几分钟后，再抬起头时，她眼里已经没有了泪水，她说："即使少了一条腿，我也会坚强地生活。我会用微笑面对一切。"

复健漫长而艰难，那些眼泪变成了汗水浇灌新的花枝。文花枝决定：告别自己热爱的导游事业，回到校园，提升专业知识和能力，将来更好地为旅游事业服务。2006年8月31日，在党的关怀和有关部门的帮助下，文花枝进入湘潭大学学习。

从此，她的人生翻开了新的篇章。2013年，文花枝硕士研究生毕业后，2015年，她主动请缨参加精准扶贫工作，到韶山乡平里村任第一书记，而她也是湘潭市首批驻村帮扶工作队中唯一一名女干部。

山路崎岖，行走不便，她就搭乘摩托车，逐家逐户走访，将村民的致贫原因、贫困程度、扶贫需求等基本信息都一一记录下来，为每户贫困户制定了详细的脱贫计划。在文花枝的努力下，她走访调研提炼出的《村民最关心关注问题解决计划一览表》在两年内全部落实解决，平里村还一举摘掉了"省定贫困村"与"湘潭市基层组织软弱涣散村"两顶"帽子"，外出工作的年轻人也开始回乡创业。

车祸之后的文花枝用自己不懈的努力完美地呈现了什么是"巾帼不让须眉"，用身体力行诠释了"小女子"在这个时代的"大担当"。

**思考题**

同学们，英雄的事迹就像一面镜子，可以让现在的人从他们的行为中窥见自己。想一想，为什么在大巴车事故中，文花枝能够舍己救人？

扫描二维码，收听优秀共产党员的故事

诵读人

**杨 洪**

## 杨 洪

播音指导，北京广播电视台新闻广播中心节目部主任、《新闻2021》节目主持人。主创的多项作品获中国新闻奖、中国广播影视大奖、北京新闻奖等奖项，获"北京好声音"荣誉称号。

# 张伯礼
## ——宁负自己 不负人民

2020年1月27日，农历大年初三，正在天津指导新冠肺炎疫情防控工作的张伯礼受命飞赴武汉，作为中央疫情防控指导组专家组成员投身抗疫最前线。“晓飞江城疾，疫茫伴心悌”，在飞机上，这位72岁的老人写下这样的诗句。

1948年出生的张伯礼是中国工程院院士、天津中医药大学名誉校长。虽然当时他已是72岁高龄，但他却主动写下请战书来到武汉。

“一定要有中医药阵地，有阵地，就能充分发挥中医药的独特优势。”张伯礼提出筹建一家以中医药综合治疗为主的方舱医院。2月12日，张伯礼率领350余名医护人员组成中医医疗团队，进驻武汉市江夏方舱医院。

穿上写有“老张加油”的防护服，张伯礼在特殊的“中医药的阵地”上开始了“战斗”。问诊患者，看舌象、摸脉象，对症拟方……他白天指导临床会诊、巡查病区，晚上召集会议研究治疗方案，有时一天只睡两三个小时。

超负荷的工作，使得张伯礼胆囊炎发作，不得不接受微创胆囊摘除手术。他笑着调侃道：“这回我把胆留在了武汉，真的与武汉市民肝胆相照了。”

手术后，医生要求他至少休息两个星期，张伯礼却说：“多给点儿药，住院一个星期就行。”

在全国中小学生的“开学第一课”上，张伯礼动情地说：“中医把胆叫‘胆腑’。胆者，中正之官，决断出焉。胆虽然没了，但做决断的勇气不能少。”

在这位“无胆英雄”的推动下，中医药全过程介入救治。武汉16家方舱医院累计收治患者超过1.2万人，每个方舱医院都配备了中医药专家，同步配送清肺排毒汤、宣肺败毒等方剂，中药使用率达到90%。截止到2020年3月10日休舱，江夏方舱医院总共收治的564名患者中没有一例转为重症，没有一例复阳。

张伯礼常以他从医的座右铭来教育学生：“贤以弘德，术以辅仁。”他是这么说的，也是这么做的。他的医者仁心从没有改变。他把自己获得的何梁何利基金奖、吴阶平医学奖、世界中医药贡献奖、岐黄贡献奖、树兰医学奖及各种科技进步奖奖金400余万元捐出来，在学校设立“勇搏”基金，奖励立志成才、品学兼优的学生，资助家庭经济困难的学生；他担任全国人大代表期间，积极奔走，呼吁加快实施全科医生培养和在职人员培训，提高全科医生医疗水平和薪酬待遇；他还十分关注基层医疗服务水平的提升，倡导推进在基层卫生医疗机构建设“国医堂”……

古稀之年，出征武汉，身披“白甲”坚守中医药阵地。他就是共产党员张伯礼。

**思考题**

同学们，凡为医之道，必先正己然后正物。有医术，有医道，术可暂行一时，道则流芳千古。说一说你心目中的医生是什么样子的。

扫描二维码，收听优秀共产党员的故事

诵读人

**滕　欢**

**滕　欢**

北京广播电视台播音指导，《北京新闻》栏目主播，拥有20年新闻一线播音经历，央视大型纪录片配音解说，国庆70周年天安门广场联欢晚会现场播报。

# 钟南山

## ——临危受命 国士担当

2020年1月18日下午5点多，在从广州开往武汉的高铁餐车上，有一位疲惫而又神情凝重的84岁老人在闭目休息。抵达武汉已是深夜，第二天他就前往武汉市金银潭医院和武汉市疾控中心。

此时武汉刚刚报告一种未知的“新型肺炎”，武汉人早已谈之色变，他却勇敢逆行，深入疫情中心。而此前几天，他还向全国民众呼吁：“普通人如果没有迫切需要，不要前往武汉。”这位老人就是中国工程院院士、国家呼吸系统疾病临床医学研究中心主任钟南山。他临危受命，担任国家卫生健康委员会高级别专家组组长，为的是查明武汉报告的这种“新型肺炎”。

在2003年抗击“非典”的战疫中，“敢医敢言”的钟南山在“衣原体是病因”几乎已成定论的背景下，提出并证实“非典”病因是一种新型冠状病毒。2020年1月20日晚，钟南山在武汉实地调研后，与央视直播连线，“肯定是有‘人传人’，大家尽量不要去武汉！”他和17年前一样直言不讳，这两句话如平地惊雷，成为大部分中国老百姓对这场新冠疫情最初始的记忆。在央视的镜头前，钟南山非常疲惫。从1月18日逆行武汉到4月下旬国内疫情基本控制，整整3个多月时间，钟南山没有完整地休息过一天。

“全国帮忙，武汉是能够过关的！武汉本来就是一个英雄的城市。”2020年1月28日，在武汉抗击新冠肺炎疫情最为焦灼的时刻，钟南山动情地说。流泪的画面，定格在全国人民的心里。

2020年8月27日，钟南山率广州医科大学附属第一医院重症医学科团队对外宣布，一位使用体外膜肺氧合辅助治疗长达111天的新冠肺炎患者成功康复出院，创造了医学救治的奇迹。钟南山说：“在救治过程中，只要有一线希望，我们可以不惜一切代价。即便看起来必死无疑的患者，我们还是要像绣花一样抢救回来。”

在抗击新冠疫情的关键时期，钟南山还多次通过远程医疗平台为危重症患者会诊，给当地医生和患者吃下“定心丸”。

2020年8月，国家主席习近平签署主席令，授予钟南山“共和国勋章”，以表彰他在抗击新冠肺炎疫情进程中作出的杰出贡献。

钟南山说：“我只是一个普通的医疗工作者，能够得到‘共和国勋章’，很激动。但我更多考虑的还是‘责任’两个字。”

**思考题**

同学们，钟南山院士有医生的专业，有战士的勇猛，更有党员的担当。你想成为一个怎样的人呢？

扫描二维码，收听优秀共产党员的故事

诵读人

**谭江海**

## 谭江海

北京广播电视台主持人。1997年获主持人“金话筒”评选三等奖。1999年获全国播音与主持作品评选政府奖一等奖。现主要主持北京卫视（BTV）节目《档案》。

# 张桂梅

## ——用教育改变山区女孩的命运

张桂梅，1957年出生。临近高中毕业，母亲去世，张桂梅随支援边疆建设的姐姐来到云南。1990年，张桂梅调回丈夫的老家大理。1996年，丈夫患胃癌去世，这个打击几乎使张桂梅丧失了生活的勇气。一年后，张桂梅调入华坪中心中学。正当她全身心投入工作时，她感觉腹部疼痛，到医院检查发现是肿瘤，需要手术治疗。张桂梅痛苦极了，整整哭了一夜。但哭过以后，她作出的抉择却是，不能在节骨眼儿上把即将参加中考的学生扔下！

她把医院的检查结果揣进怀里，一边吃着止痛药，一边像常人一样工作，直到3个多月后把学生送进了中考考场，才住院切除了重达两公斤的肿瘤。术后24天，她就匆匆赶回华坪，来到新成立的民族中学任教。

不久，体内的肿瘤复发，她一次次地晕倒在讲台上。醒来后，她对哭成一片的学生说："坚强些，老师不会死的，也不会离开你们！"

1998年7月，把又一批学生送进中考考场后，张桂梅悄悄去做了第二次手术。

随着年龄的增长，张桂梅的身体愈加虚弱，疼痛的次数越来越频繁，有时甚至晕倒。她瞒着所有人，靠一把把止疼药坚持着。

张桂梅疼爱她的学生们。她知道山里的孩子营养跟不上，容易生病，就每个月轮流带着学生出去改善生活。一次，张桂梅付账时，有学生发现，张老师翻遍了所有的包才凑足了钱。学生们一下子明白了，泪水止不住地在眼眶里打转儿。因为他们知道，张老师每顿饭仅舍得吃一份小菜。

1999年6月，华坪县要建一所儿童福利院，投资方指定张桂梅出任院长。从2001年3月开始，张桂梅不拿一分报酬地干起了第二份职业——“华坪儿童福利院”院长。张桂梅暗下决心，一定要把这些孩子们教育好，给他们一个与其他孩子公平竞争的机会。令她骄傲的是，福利院的许多孩子都读了高中、上了大学，50多个孩子走上工作岗位，成了医生、教师、公务员、企业职工。

在华坪的工作、生活经历，让张桂梅渐渐明白，许多孩子如果有一个有文化、有责任的母亲，就不会辍学，也不会成为孤儿。2002年，张桂梅萌生了在华坪创办一所女子高中的念头，并为这个在别人看来根本无法实现的梦想四处奔走。为了筹集办学资金，“骄傲”的张桂梅放下了全部的自尊，付出了常人难以想象的艰辛。

在各级党委、政府的关心重视下，在社会各界的支持帮助下，华坪县女子高级中学在2008年8月成为现实。与其他高中不同的是，这是一所没有录取分数线，只要初中毕业、只要愿意读高中、只要是贫困家庭的女孩子，学校都无条件接收，而且接受的是全免费教育。

华坪县女子高级中学在当地创造了奇迹：创办12年，毕业10届学生，综合排名始终保持全市第一，1800余名贫困女孩在这里放飞了梦想、走进了大学。人们都说，这所学校“低进高出”的背后，离不开学生的苦读、教师的苦教，更离不开张桂梅不顾生死的奋斗。

1998年，张桂梅加入中国共产党。20多年来，张桂梅将自己的工资、各级政府给她的奖金，甚至是大家筹集给她看病的100多万元全部捐给了华坪贫困山区的教育和社会事业。她个人没有任何财产，但她却说：“我什么都有，我心里有学校、有千千万万个孩子。”

**思考题**

同学们，张桂梅老师没有个人财产，但她却说『我什么都有』，请你思考，她把什么看作了自己最大的财富？

扫描二维码，收听优秀共产党员的故事

诵读人
**杜　敏**

## 杜　敏

北京人民广播电台播音指导，国家级普通话测试员，全国社会艺术水平朗诵艺术及少儿播音主持艺术考级考官。从事播音主持工作近40年，同时在中国传媒大学、北京电影学院、中华女子学院等高等院校特聘从事播音主持艺术语言专业教学近20年。

# 后　记

青少年朋友们：

大家好！

当你们轻轻合上这本书，心中是否已悄然种下了一颗名为“信仰”的种子？这不仅仅是一本书的结束，更是你们精神旅程的新起点。

在字里行间，我们一同穿越了百年风云。百年间，中华民族孕育出独有的、具有强大生命力和影响力的红色文化。这种文化，是中国共产党带领中国人民，在革命的风暴、建设的汗水和改革的浪潮中，一点一滴创造出来的。这份沉甸甸的遗产不仅记录着党的光辉历程，更蕴含着无尽的力量与智慧。它教会我们，无论时代如何变迁，对党的忠诚、对国家的热爱、对人民的深情，永远是最宝贵的品质。

书中100位共产党员的故事是一曲曲英雄的赞歌，是一次次精神的洗礼，更是一次次灵魂的触动。让我们从先辈身上汲取力量，将红色基因深深根植于心，让它成为我们成长路上最坚实的盔甲。让我们树立远大的理想，培养坚定的德行，勤奋地学习，深思熟虑地思考，敏捷地行动。这样，我们才能不辜负我们的青春，不辜负这个充满机遇的时代，更不辜负那充满希望的未来。让我们携手并进，在新时代的浪潮中乘风破浪，用青春和汗水书写属于自己的辉煌篇章。相信在未来的日子里，你们定能绽放出更加耀眼的光芒，在以中国式现代化全面推进中华民族伟大复兴的历史进程中贡献自己的青春力量，绘制出祖国更加壮美的明天！

是为后记。

图书在版编目（CIP）数据

未来讲堂：讲述优秀共产党员的故事 / 中国宋庆龄基金会，中国广播电视社会组织联合会编．-- 北京：中国和平出版社，2024. 10（2025.5重印）. -- ISBN 978-7-5137-2888-1

Ⅰ. D263

中国国家版本馆 CIP 数据核字第 20248TC103 号

"十四五"国家重点出版物出版规划项目

未来讲堂——讲述优秀共产党员的故事
WEILAI JIANGTANG —— JIANGSHU YOUXIU GONGCHANDANGYUAN DE GUSHI

中国宋庆龄基金会
中国广播电视社会组织联合会 编

| | |
|---|---|
| **责任编辑** | 杨　隽　张　冉 |
| **文字编辑** | 罗　敏　高玮齐　许宁宁 |
| **美术编辑** | 孙文君 |
| **插图绘制** | 田忠利　史　河　庞佳文　李怡佳　任百慧　邵明卓　郑育柯　冀泓予<br>田　欣　吴嘉鹏　杨　静　罗文婷　何森晶　王　晓　王　光（排名不分先后） |
| **责任印务** | 魏国荣 |
| **出版发行** | 中国和平出版社（北京市海淀区花园路甲 13 号院 7 号楼 10 层　100088）<br>www.hpbook.com　bookhp@163.com |
| **出 版 人** | 林　云 |
| **经　　销** | 全国各地书店 |
| **印　　刷** | 北京瑞禾彩色印刷有限公司 |
| **开　　本** | 889mm × 1194mm　1/16 |
| **印　　张** | 13.25 |
| **字　　数** | 294 千字 |
| **版　　次** | 2024 年 10 月第 1 版　2025 年 5 月第 2 次印刷 |
| **书　　号** | ISBN 978-7-5137-2888-1 |
| **定　　价** | 98.00 元 |